KB121382

로크미디어가
유혹하는
재미있는 세상

ROK
MEDIA
로크미디어

황태자는 은퇴하고 싶습니다

황태자는 은퇴가 하고 싶습니다 4

2022년 9월 8일 초판 1쇄 인쇄
2022년 9월 15일 초판 1쇄 발행

지은이 로튼애플
발행인 김정수 강준규

기획 이기헌 왕소현 박경무 강민구 조익현
책임편집 금선정
마케팅지원 이원선

발행처 (주)로크미디어
출판등록 2003년 3월 24일
주소 서울시 마포구 성암로 330 DMC첨단산업센터 318호
Tel (02)3273-5135 **편집** (070)7860-2726 **Fax** (02)3273-5134
홈페이지 rokmedia.com **E-mail** rokmedia@empas.com

ⓒ 로튼애플, 2022

값 8,000원

ISBN 979-11-354-8010-2 (4권)
ISBN 979-11-354-8005-8 04810 (세트)

황태자는 은퇴하고 싶습니다

로튼애플 퓨전 판타지 장편소설 ◆4◆

Contents

공국과의 거래

공국을 당장에라도 집어삼킬 것이라는 모두의 예상과 달리 카리엘은 언데드 군단만 박살 낼 뿐 공국의 요새 안으로 들어오려 하지 않았다.

오히려 제국의 서부, 남부군을 이용해 남부 왕국들을 견제하고, 북부군을 통해 성국을 견제하게끔 했다.

카리엘이 정말로 약속을 지키자 공국에 카리엘을 지지하는 자들이 생겨났다.

다른 국가와 달리 제국은 믿을 만한 국가라는 인식이 공국 안에서 퍼져 나가자, 몇몇 귀족들은 공녀와 혼인하여 공국을 집어삼키려는 야욕이라고 주장했다.

사실 틀린 주장은 아니었다.

카리엘이 공녀와 결혼하면 공왕이 될 수 있을 테니 후에 제국에 편입될 가능성도 있기 때문이다.

하지만 당장 멸망을 걱정했던 공국 입장에선 타국의 접근을 막아 준 제국이 고마울 수밖에 없었다.

"제국을 믿냐? 삼국 중 가장 많은 군대를 몰고 왔는데? 이 사람들아, 생각을 좀 해 봐!"

"저 새끼, 탈로스의 첩자 아녀?"

"맞구먼! 저놈 저거! 탈로스와 교역하면서 돈 좀 벌었다더니!"

"공국을 구해 준 귀한 분한테 뭐? 이놈! 죽일 놈이구먼!"

상인 출신의 준귀족이 평소 친하게 지내던 공국의 사람들한테 두들겨 맞기 시작했다.

그런 상황에서 제국의 마스터와 기사단이 로만의 공격과 흑마법사들의 공격으로부터 철벽을 지켜 냈다는 소식이 돌자 귀족들의 주장은 순식간에 힘을 잃어버렸다.

"……공국의 영웅이 되어 버렸군."

공왕이 어이없는 표정을 지으며 중얼거리자 지근거리에서 호종하던 기사들이 헛기침하며 고개를 돌렸다.

자신들 역시 카리엘의 영웅 만들기에 한 손 거들었기 때문이다.

"후…… 그래도 뜯어먹힐 처지는 면했으니 좋은 것인가?"

제국이 어떻게 나올지 모르는 변수가 남았지만, 일단 위기

하나는 넘겼으니 한시름 놓을 수 있었다.

공국의 사람들도 그것을 알기에 부상을 입고 고된 노동을 하는 상황에서도 웃을 수 있었다.

제국이 공국을 방어하자 성국과 탈로스도 섣부르게 진입하지 못했다.

명분 자체가 공국을 지키기 위함이었고, 설사 그것을 무시하고 진입하려 해도 제국과 공국의 저항을 뚫어야만 하는 탓이다.

그런 상황에서 로만의 침공을 완벽하게 막아 냈다는 소식까지 들려오면서 소강상태에 들어갔다.

"우린 돌아간다."

탈로스를 지휘하는 클레타 공작이 철군을 지시했다.

이대로 제국이 분쟁 지역 전체를 장악하게끔 둘 수는 없었기 때문이다.

공국의 주요 지역만을 남겨 두고 분쟁 지역을 점령하려는 것을 저지하기 위해서라도 황급히 돌아가야 했다.

반면에 성국은 영리하게 행동했다.

"성하께서 보내셨습니다."

공국의 부상자들을 치료하기 위해 다수의 사제들이 요새 안으로 진입했다.

어떠한 비용도 받지 않고 치료하는 사제들.

그 모습을 보면서 사람들이 혀를 찼다.

본래 사제의 신성력으로 치료를 받으려면 엄청난 비용을 내야 했다.

돈 없는 사람은 엄두도 내지 못할 비용을 내야 함은 물론이고, 그들이 만든 포션 역시 꽹장히 비쌌다.

그런데 이제 와서?

다들 치료받고 있음에도 싸늘한 표정을 지었다.

그럼에도 불구하고 사제들은 살갑게 굴면서 공국의 사람들을 치료해 주었다.

대륙의 평화를 지킨 공국에게는 어떠한 비용도 받을 수 없다며 무상으로 치료를 계속하자, 싸늘하기만 한 공국 사람들의 마음이 조금씩 녹기 시작했다.

"여우답네."

카리엘이 교황이 하는 짓을 가만히 지켜보았다.

성기사들을 제외하고 오직 사제들만 요새 안으로 들여보냈을 뿐만 아니라, 교황 본인 역시 공국의 외곽 지역을 돌면서 고통받는 사람들을 치료해 주었다.

제국에서는 먹히지 않았던 작전을 다시금 사용하는 것이다.

단순히 회복만 시켜 주는 것이 아니라, 갖고 온 군량을 이용해 사람들을 배불리 먹여 주기가지 했다.

전쟁에 지치고 다친 사람들은 자신들을 직접적으로 치유해 주고 보살펴 주는 사람에게 더 눈길이 갈 수밖에 없는 법.

아무리 제국군이 큰 활약을 했더라도, 일반 공국민들 입장에선 성국으로 마음이 기울어질 수밖에 없을 것이다.

"성국의 위상을 회복하려는 겁니까?"

수도에서 명령했던 일을 처리하고 카리엘의 옆자리로 복귀한 타리온이 조심스레 물었다.

"그럴 거야. 지금 당장은 성국이 막대한 손해를 보는 것 같아도, 위상만 회복한다면 잃은 돈이야 금방 복구할 테니까."

그렇게 말한 카리엘이 여유로운 표정을 지었다. 그러자 타리온이 고개를 갸웃거리면서 물었다.

"내버려 두어도 되는 겁니까?"

"상관없어. 오히려 너무 적극적으로 막으면 성국이 남부와 손잡을 수도 있어. 그럴 바에야 살길 정도는 열어 두는 것이 더 편해."

그렇게 답한 카리엘이 타리온을 돌아보며 말했다.

"날 호위할 친위대와 황궁 기사단만 추려 놔."

"공국으로 가실 생각입니까?"

"여론 몰이가 끝났으니 끝을 보러 가야지."

카리엘의 명령에 고개를 숙이며 사라지는 타리온.

타리온의 뒷모습을 잠시 지켜보던 카리엘은 제국군이 장악한 지역에서도 기웃거리는 사제들에게로 시선을 돌렸다.

대륙 회의에 의해 서대륙 최고의 종교라는 지위를 위협받을 가능성이 생겼다. 공국에 직접적으로 개입할 수만 있다면 이곳을 발판으로 남부까지 다시 손을 뻗어 볼 수 있겠지만 제국이 그것을 모조리 틀어막았다.

카리엘이 공국에서 한 일은 단순히 성국과 탈로스의 개입을 막은 것만이 아니었다.

상단을 통해 공국의 상계를 집어삼키려는 탈로스와 사제들을 통해 공국 내에서 종교의 위상을 높이려는 성국의 의도 자체를 뭉개 버린 것이다.

그렇기에 성국이 이렇게 고생하며 움직이는 것이다.

'좀 더 고생해라.'

물론 성국에 대한 불신이 머리끝까지 차오른 제국민들에겐 씨알도 먹히지 않을 짓이다.

그러니 공국이나 다른 국가들이나 공략해야 할 판.

하지만 그것도 쉽지 않을 것이다.

카리엘이 그렇게 만들 테니까.

그렇게 성국이 공국의 공략에 시간을 버리는 동안 제국은 다음 단계로 진입할 것이다.

'몇몇 나라 빼고 다 정리해야겠지.'

대륙 회의에 참석했던 강국들인 서부의 아이론, 동부의 공국, 남부의 두 왕국, 북부의 성국 정도를 제외한 소국들은 서대륙에서 지워 버릴 생각이었다.

소국들이 연합해서 분쟁 지역에서 제국을 도발했으니 명분도 충분했다.

이런 판단을 내릴 수 있는 근거는 아이론이었다.

동맹을 맺은 상태이니 서쪽만큼은 안전할 터. 그렇다는 건 동원 가능한 병력이 더 많아진다는 뜻인데, 만약 공국과도 동맹이 성사된다면 성국와 두 왕국만 남게 된다.

그러면 이들을 세 명의 마스터가 포함된 전력으로 견제하고 남은 병력으로 소국 연합을 쓸어 버리면 된다.

변경백들이 이끄는 주력군을 사용하지 않아도 소국 연합 쯤은 충분히 정리해 버릴 수 있을 만큼 제국은 강했다.

"위대한 제국의 시작인가?"

본래 제국의 영토였으나 시간이 지나면서 떨어져 나간 떨거지들.

그 떨거지들을 다시금 제국의 품으로 복속시킬 때가 되었다.

그 시작이 공국과의 동맹이 될 것이다.

"어서 오십시오."

카리엘이 온다는 소식에 요새의 정문에서 맞이한 공왕과 귀족들.

그런 그들의 환대에 카리엘도 말에서 내려 걸어서 들어갔다.

"반갑소."

웃으면서 공왕과 악수한 카리엘이 가볍게 담소를 나누면서 요새 안으로 들어갔다.

최소한의 호위만을 대동한 채 들어가는 그 모습에, 카리엘은 공국의 사람들에게 신뢰할 수 있는 사람이 되어 갔다.

　어떠한 압박도 없이 공왕과 함께 왕궁으로 들어가자 공녀가 드레스를 입고 풀메이크업을 한 채 카리엘을 맞이했다.

　"공녀 아일라 제국의 1황자께 인사드립니다."

　"반갑소. 공국 제일의 미녀를 뵙게 되어 영광이오."

　손등에 가볍게 키스를 한 카리엘은 웃으면서 공녀와 짧은 이야기를 나누고는 곧바로 공왕을 바라보았다.

　"파티를 준비하신 것 같은데 일단 큰일부터 처리한 후 진행하시는 게 어떻겠소?"

　"좋습니다."

　서로 찝찝한 기분으로 있지 말고 큼지막한 일부터 처리하자는 말에 근방에 있는 귀족들이 긴장한 표정을 지었다.

　"공왕과 일대일 대담을 나누고 싶소."

　다소 무례할 수 있는 요구였으나 지금의 카리엘은 일반적인 1황자의 신분이 아니었다.

　제국에서 전권을 위임받은 이였기에 공왕은 흔쾌히 고개를 끄덕이고는 안으로 안내했다.

　테이블이 마련되고 자리에 앉자마자 간단한 티 세트가 마련되었다.

　그렇게 모든 준비가 끝나고 사람들이 물러나자 카리엘이 단도직입적으로 말했다.

"굳이 혼인 동맹을 하지 않아도 되오."

카리엘의 말에 공왕의 눈동자가 흔들렸다.

그런 그에게 카리엘이 피식 웃으며 말했다.

"공왕의 딸 사랑은 대륙에서 알아줄 정도라고 알고 있소. 무엇보다 공국이 제국에 먹힐 거라 걱정하는 이들도 있는 만큼 굳이 무리할 필요는 없소."

"……후에 타국에서 제국에게 항의할 것이오."

"제국이 걱정되시오?"

카리엘의 물음에 공왕이 한숨을 쉬었다.

지금 공국이 누굴 걱정할 처지는 아니었다. 하지만 공왕은 이렇게까지 도와준 제국이 욕먹는 것은 내키지 않았는지 걱정스러운 눈으로 카리엘을 바라보았다.

"제국이 원하는 것은 강력한 동맹이오."

"아이론 연맹과 맺는 것보다 강력한 동맹을 원하시는 것이오?"

"그렇소. 공국과 제국의 굳건한 동맹을 증명하는 건 현 분쟁 지역이 될 것이오."

아이사르만을 평화롭게 나눠 갖는 것.

공국의 주요 지역을 건드리지 않고, 제국 역시 아이사르만 일부를 차지하게 되면서 서로가 만족할 만한 거래가 될 것이다.

당연히 탈로스가 반발할 수 있겠으나, 그들에게도 제국이 점령한 지역 일부를 내주면서 분쟁을 끝내 버리는 것이다.

만약 받아들이지 않는다면?

현재 분쟁 지역에 모여 있는 소국 연합을 친다는 명분으로 압박하면 될 일이었다.

"언제부터 이런 판을 짜신 것이오?"

공왕의 물음에 카리엘은 대답 대신 미소만 지었다.

그 모습에 짧게 한숨을 쉰 공왕은 카리엘에게 말했다.

"사실 공국 입장에선 그대와 공녀의 혼인이 나쁘지만은 않소."

"음……."

"무엇보다 공녀가 그대를 좋아하고 있소."

공왕의 말에 카리엘의 눈동자가 흔들렸다.

"뭐라고…… 하셨소?"

"공녀가 그대를 좋아하고 있다고 했소."

"……확실하오? 동생들과 착각한 것 아니오?"

재차 묻는 카리엘을 보며 공왕이 단호하게 고개를 저었다.

그러자 카리엘의 표정이 굳어졌다.

"무엇보다 공국 입장에서도 혈맹을 하는 편이 좋소."

공왕의 대답에 카리엘이 작게 한숨을 쉬었다.

공녀와 혼인한다 → 차기 공왕이 된다. → 제국과 공국의 정치 싸움에 빠져든다.

여기까지만 하더라고 골치 아픈데 만약 카리엘을 지지하는 이들이 다시금 황태자로 복권시키자고 한다면?

'미치겠군.'

거기까지 생각이 미친 카리엘은 단호한 표정을 지었다.

"공녀를 제국에 유학 보내실 생각은 없소?"

"볼모로 잡고자 하시오?"

공왕이 심각한 표정으로 묻자 카리엘이 단호하게 고개를 저었다.

"공녀가 나를 좋아하는 것이 아직 내 동생들을 제대로 못 봤기 때문일 수도 있지 않소. 혈맹을 원하신다면 공녀께 폭넓게 황자들을 모두 만나 본 뒤에 선택권을 드리고자 하오."

카리엘이 웃으면서 말하자 공왕의 눈에 의아함이 깃들었다.

"굳이 급하게 혈맹을 맺을 필요가 있소? 시간은 많으니 천천히 진행하는 게 좋지 않겠소?"

"음……."

카리엘이 어째서 이곳까지 오게 되었는지 생각해 보는 공왕.

황태자 자리에서 겨우 물러나 잠적하려는 카리엘을 제국의 대신들이 끄집어내 총사령관까지 맡긴 것이다.

그만큼 권력을 싫어하는 인물이었다.

그런 인물이 대놓고 은퇴하고 싶다고 말하고 있는 것이다.

"내가 원하는 건 평화와 안정이오."

"……귀족들과 상의해 보겠소."

"좋소. 가장 어려운 문제를 풀었으니 이제 술술 풀리겠구려."

웃으면서 말한 카리엘은 공왕과 남은 문제들 역시 논의하기 시작했다.

공왕과의 조율은 빠르게 이루어졌다.

일단 카리엘이 공왕을 크게 압박하지 않았다는 점이 컸고, 동맹을 맺기 위해 도움에 대한 대가 역시 많은 것을 바라지 않은 것도 있었다.

오히려 공왕이 당황하면서 자신이 더 내주기도 했다.

문제는 마지막 안건이었다.

"제국은 주변 국가들을 정리하고자 하오."

카리엘의 말에 단번에 알아들은 공왕은 침묵했다.

섣부르게 답할 사안이 아니었기 때문이다.

"……어디까지 정리하시려는 것이오?"

"분쟁 지역에 모인 국가들은 전부 정리할 생각이오."

"으음……."

"더불어 흑마법사와 연관이 있었음에도 제국에 협조하지

않은 국가 역시 정리 대상이오."

분쟁 지역에 있는 연합군에 참가하지 않았더라도 흑마법사와 연관이 있다면 모두 정리하겠다는 것이다.

"……."

카리엘의 단호함이 깃든 음성에 공왕이 입을 다물고 장고에 빠졌다.

서대륙에는 무늬만 국가인 아주 작은 소국들이 있었다.

연합군을 결성한 국가들은 그래도 제국의 웬만한 영지보다는 큰 영토를 갖고 있지만, 그보다도 못한 국가들이 존재했다.

강국들 사이에 끼어서 통관으로 먹고사는 국가.

범죄 집단들에 영토를 내준 국가.

도박이나 유흥으로 나라를 유지하는 국가.

사실 이들이 꼭 잘못했다고는 볼 수 없다.

나름대로 자신들이 살아남기 위한 선택이기 때문이다.

문제는 그들 역시 제국의 이권을 갉아먹는 벌레 같은 짓을 했다는 것이다.

그러면 마땅히 다른 국가들처럼 와서 조아려야 할 터.

하지만 카리엘이 다른 강국을 때려잡을 때 눈치만 보고 있었고, 지금도 상황이 돌아가는 것만 지켜보면서 어떻게든 배상금을 토해 내지 않기 위해 발버둥을 치고 있었다.

사실 제국이 배상금을 제대로 요구했다면 곧바로 파산에

직면했을 것이다.

그러나 먼저 와서 빌었다면 사정을 봐주었을 터였다.

'골든 타임은 끝났어.'

이들이 용서받을 시간은 끝났다.

마음 같아서는 완전히 멸문시켜 버리고 제국의 황실 직할령으로 삼고 싶었지만, 그 부분은 이미 카리엘의 손을 떠난 영역이다.

카리엘은 공왕과의 거래로 밑그림을 그려 주는 것으로 완전한 은퇴를 이룰 생각이었다.

"대규모 전쟁이라도 할 생각이시오?"

"그것까지는 모르겠소. 이 거래에서 할 일은 공국과의 군건한 동맹 그것 하나뿐이니 그 이후의 일은 폐하와 제국이 결정하지 않겠소?"

완전히 은퇴하고자 하는 카리엘의 의지를 느낀 공왕은 한숨을 쉬며 고개를 끄덕였다.

사실 이런 이와 공녀를 혼인시키는 게 제일 좋긴 했다.

권력 욕심이 없고, 공녀를 상대로 나쁘지 않은 신분과 힘, 그리고 마지막으로 공녀가 호감을 보이는 사내였다.

문제는 모든 것이 지겹고 귀찮은 듯한 저 권태로운 눈빛이 공녀의 결혼 생활이 굉장히 고될 것으로 예상되게 한다는 것이다.

'아무것도 안 하고 늘어지는 것을 좋아할 것 같군.'

공왕이 그렇게 생각하며 카리엘과의 혼사를 다시 생각해 보았다.

'······정말로 공녀를 제국에 보내 볼까?'

카리엘의 눈빛을 볼수록 귀찮음이 묻어 나오는 얼굴로 어떻게 여기까지 이끌어 왔는지 알 수가 없었다.

'게으름을 이겨 낼 정도로 재능이 있다는 거겠지.'

그렇게 생각을 정리한 공왕은 작게 고개를 끄덕이며 카리엘의 제안을 논의해 보겠다는 말만 남기고 비공식 회담을 끝냈다.

하지만 반쯤은 성공한 것이나 다름없었다.

공국 또한 소국들로 인해 피해를 많이 입었다 보니 나쁘지 않은 제안이었기 때문이다.

많은 국가들의 접경 지역을 돌아다니며 단속을 피하는 마적 떼.

소국의 영토를 근거지 삼아 돌아다니는 범죄 집단과 해적들.

모두가 타국의 영토를 함부로 침입할 수 없는 것을 이용하는 것이었다.

제국이 이것을 정리해 준다면?

공국 입장에서도 피해를 현격히 줄일 수 있게 된다.

다만 좋은 점만 있는 건 아니었다.

서대륙에 주요 국가들만 남게 된다면 어떻게 될까?

나름 완충작용을 하던 국가들이 사라졌으니 본격적으로 강국들 사이에서 눈치 싸움이 시작될 것이다.

그렇다는 건 지금보다 훨씬 긴장되는 상황이 펼쳐진다는 뜻이었다.

무엇보다 현재의 제국을 보면 필시 나중에 대규모 전쟁이 벌어질 것이다.

그렇게 되면 공국의 미래 역시 그리 밝지는 않았다.

'어차피 다가올 미래라면 우리가 먼저 선택하겠다.'

그런 마음가짐으로 공왕은 공국의 주요 귀족들을 불러 모아 비밀 회담의 내용을 설명했다.

워낙 사안이 엄중한지라 귀족들끼리도 의견이 엇갈리고는 있었지만 대부분의 사안에 대해서는 귀족들도 받아들였기에 그리 오래 걸리지는 않을 가능성이 높았다.

***

자정이 될 무렵, 조촐한 파티가 열렸다.

전쟁이 끝난 지 얼마 되지 않았기에 화려한 연회보다는 조촐한 게 낫다는 공왕의 의견에 개최된 연회.

귀족들은 불만이었지만 기사들이나 다른 이들은 오히려 이런 연회였기에 더 편안해 보였다.

"좋네."

카리엘 역시 이런 조촐한 연회가 더 마음에 든다는 듯 웃으면서 샴페인 잔을 들어 올렸다.

화려한 연회였다면 고위 귀족들만의 놀이터가 되었겠지만, 조촐한 연회를 열면서 공국의 왕궁을 개방했기에 많은 이들이 즐길 수 있었다.

그 덕분에 시끌벅적한 연회가 만들어지면서 정감이 가는 공간이 되었다.

"저하를 뵈어요."

"반갑소."

자신에게 다가온 공녀를 보고 웃으면서 고개를 끄덕인 카리엘.

그런 그를 향해 공녀가 조심스럽게 물었다.

"……아버님께 저하께서 하신 얘기를 들었어요."

공녀가 그렇게 말하면서 슬픈 표정을 지었다.

"혹시 제가 마음에 안 드시나요?"

"그럴 리가. 공녀를 마다할 남자가 있겠소?"

공녀의 물음에 카리엘이 단호하게 고개를 저었다.

공왕의 딸답지 않게 어릴 적부터 상인들과 친하게 지내면서 상재에 두각을 드러냈고, 지금은 공국의 유명한 상단을 이끌고 있는 중이다.

거기다 얼굴 역시 충분히 아름다웠다. 몸매 역시…… 충분히 발전 가능성이 있었다.

"음."

카리엘이 잠시 헛기침하면 공녀를 바라보았다.

자신을 좋아한다는 공왕의 말이 사실인 것 같은 표정.

볼은 붉어져 있었고, 눈에는 눈물이 살짝 맺혀 있었다.

이것이 연기라면 속을 수밖에 없으리라.

"선택지를 드리고자 하는 것이오."

"……선택지요?"

"그렇소. 혈맹이라고는 하나 강제로 이루어진 혼약이오.
공녀 입장에선 당혹스러울 수도 있을 터. 그러니 적어도 세
황자들 중에 선택할 수 있도록 배려하는 것이오."

카리엘의 말에 공녀의 얼굴이 환해졌다.

"제가 마음에 들지 않는 건 아니시라는 거죠?"

"물론이오."

카리엘의 대답에 공녀는 환하게 웃으며 고개를 끄덕였다.

나름 자신감이 생겼는지, 이때부터 공국에 대해 이야기해
주거나 제국에 대해 묻기도 하면서 대화를 이어 나갔다.

"사실 제국이 궁금하긴 했어요."

"그렇소?"

"네. 태자 전…… 아니 저하께서 본격적으로 움직이신 후
로 제국이 많이 변했다고 들었거든요. 대륙 회의로 방문했을
때 무엇이 어떻게 변했는지 살펴보긴 했는데, 손님이다 보니
접할 수 있는 정보에 한계가 있었어요."

"흠……."

공녀의 말에 카리엘이 턱을 문지르면서 생각에 빠졌다.

전생의 경험이 헛되지는 않았는지, 공녀의 말대로 제국이 많이 바뀌긴 했다.

하지만 그의 기대에는 한참 못 미쳤다.

여전히 귀족들의 권한이 지나치게 강했기 때문이다.

전생에 제국이 박살 나면서 한 가지 크게 변화한 점이 있었으니 바로 황권의 강화였다.

그리고 그로 인해 제국민들의 신분 상승이라는 변화가 따라왔다.

'제국이 위기였기에 가능한 일이었지.'

반란을 일으킨 귀족들을 털면서 생긴 자금, 그리고 그들만의 기술 등을 풀었다.

수많은 사건들로 약화된 제국의 힘을 단기간에 강화하기 위해 어쩔 수 없이 시행했던 정책들.

각 가문에서 전해져 오는 마법, 검술, 기술 등을 아카데미에 풀고 모든 신분을 가리지 않고 받았다.

거기다 더해 기초 아카데미까지 신설시켰다.

처음엔 반대했던 귀족들도 어쩔 수 없다는 걸 아는지 결국 어느 정도 선까진 받아들일 수밖에 없었다.

하지만 이런 미래는 지금은 힘들어질 것이다.

"……아쉽긴 하네."

"네?"

"아니요."

공녀의 물음에 카리엘이 쓴웃음을 지으며 고개를 저었다.

지금 당장 머릿속에 떠오른 방법만 해도 수십 가지였다.

조금씩 제국민들의 신분을 상승시키고 제국을 부강하게 할 방법들.

판은 만들어졌으니 조금만 손봐도 지금보다 더 빠른 발전을 이룩할 수 있을 것이다.

'공업 체계도 어느 정도 갖춰져 있으니 가능할 것도 같은데…….'

마법이라는 한계에 막혀 있어서 그렇지, 그 방향을 조금만 바꾸어도 지구의 산업 시대처럼 빠른 발전을 이룩할 수 있을 것이다.

"흐음~."

흥미롭다는 듯 자신을 바라보는 공녀.

그런 그녀의 모습에 카리엘이 고개를 갸웃거렸다.

"왜 그러시오?"

"아니에요."

모든 것이 귀찮다는 듯한 권태로운 눈에서 한 번씩 번뜩이는 눈빛.

그 모습에 공녀의 마음은 설렜다.

'다른 황자님들은 이 정도는 아니었던 것 같은데…….'

공녀가 그렇게 생각하며 고개를 갸웃거렸다.

자신의 동생들이 얼마나 천재인지 자랑하면서 소개해 주려고 안달 난 사람처럼 구는 1황자였지만 제국에 가서 두 황자들을 본다 해도 이 마음이 바뀔 것 같지는 않았다.

"황자님 말씀대로 한번 가서 확인해 볼게요."

공녀의 말에 진한 미소를 띠며 고개를 끄덕이는 카리엘.

상당히 오랜 시간 동안 대화를 나누는 두 사람의 모습을 공국의 귀족들은 웃으면서 은근슬쩍 지켜보았다.

서로 심각한 표정으로 대화를 나누면서도 시선은 서로에게 향해 있었기 때문이다.

기사들이나 공국의 국민들 역시 이 모습을 보며 하나같이 흐뭇하게 웃었다.

카리엘과 공녀가 이 연회의 주인공이라는 듯 함께 사라지자 연회에 모인 모든 이들의 대화가 둘의 혼인에 관한 이야기로 흘러갔다.

하지만 이런 이들의 기대감과 달리 며칠 후, 카리엘이 공녀과 제국의 수도로 향할 것이라는 발표가 나왔다.

-아일라 공녀! 제국의 황자들을 보기 위해 제국의 수도로!

-공녀에게 황자들을 선택할 권한을 준 제국!

-대륙에서 제일 부러운 여인은 누구? 바로 아일라 공녀!

애지중지 키운 공왕을 배려해 공녀에게 황자들 중 하나를 선택할 수 있게끔 한 것에 공국의 국민들 모두가 좋아했다.

공국을 배려하는 제국의 모습에 호감도는 더욱 올라갔다.

그러자 황자들 중 하나가 공왕이 되어 사실상 제국의 속국이 될 수도 있다는 걱정은 쏙 들어갔다.

설령 속국이 된다 한들 그것도 나쁘지 않겠다는 말이 나올 정도였다.

그렇게 공국에서 제국의 이미지를 끌어올린 카리엘은 마지막 협정문에 도장을 쿵 찍은 후, 공왕과의 협상을 끝냈다.

"2차 협정은 제국의 수도에서 이루어질 것이오."

카리엘의 말에 공왕은 작게 고개를 끄덕였다.

"이대로 분쟁 지역으로 가실 생각이오?"

"그렇소."

공왕의 물음에 카리엘은 미소를 지으며 고개를 끄덕였다.

사실상 자신이 할 일은 모두 끝냈기에 공왕이 개인적으로 선물한 별장으로 내려갈 생각이었다.

어차피 그의 영지야 황궁에서 관리할 터이니, 이대로 별장으로 내려간다 한들 상관없었다.

제국에서 보내온 돈도 있었고, 공국에서 카리엘에게 선물 삼아 준 돈 역시 상당했기에 먹고살 걱정은 할 필요가 없었다.

"……부럽소."

"공왕께서도 빨리 공녀에게 넘기고 쉬시오."

"마음 같아선 그러고 싶지만……."

공왕도 그러고 싶었지만 공녀는 아직 부족한 부분이 많았다.

상인으로선 어느 정도 믿어 줄 만했지만 정계를 이끌어 갈 힘이 많이 달렸다.

그에 반해 눈앞의 남자는 달랐다.

이미 완성형이라 평가받은 카리엘이기에 제국에서도 어떻게든 붙잡으려고 안달이 나 있는 상태였다.

그렇기에 욕심이 나는 듯 카리엘을 은근한 눈빛으로 바라보는 공왕.

"흠흠! 그럼 이것으로 마무리하겠소."

"쯧! 그럽시다."

아쉽다는 듯 혀를 차는 공왕.

하지만 카리엘이 공왕이 될 그림은 안 나왔다.

황태자 자리를 차고 나왔는데 공왕의 자리가 눈에 들어오겠나?

마음만 먹으면 황제가 될 수 있는데 공왕을 할 리가 없는 것이다.

"즐거운 휴식이 되길 바라겠소."

공왕의 말에 카리엘이 빙그레 웃으면서 고개를 끄덕였다.

'평생 휴가 시작이다!'

욜로 라이프 시작!

공국에서의 일정을 마무리한 카리엘은 곧장 분쟁 지역으로 떠났다.

누가 잡을세라 끝나자마자 도망치듯 떠나 버렸다.

명분은 아직 불안한 분쟁 지역을 살펴보겠다는 것이었지만, 현재 위기감이 고조되고 있는 제국과 탈로스와의 접경지역이 아닌 휴양지로 떠났다는 것에서 그 말을 믿는 사람은 아무도 없었다.

"그렇게 좋으십니까?"

"그럼. 이번에야말로 진짜 은퇴하는 거니까."

타리온의 말에 카리엘이 함박웃음을 지으면서 대답했다.

황태자를 은퇴하고 다 끝날 줄 알았건만 지금까지 개고생했다. 하지만 그것도 이제 진짜 끝이다.

이런 카리엘의 생각과 달리 타리온은 걱정스러운 표정으로 말했다.

"언제까지 분쟁 지역을 핑계로 머물러 계실 수는 없을 겁니다."

"알아. 상황이 정리되면 내 영지로 가야겠지."

카리엘이 그렇게 대답하며 미소를 지었다.

그때가 되면 큼지막한 일은 전부 끝나 있을 것이다. 그리고 그 뒤에는 본격적으로 동생들의 황태자 쟁탈전이 벌어질 것이니 자신에게 신경 쓸 틈도 없을 것이다.

"분쟁 지역에 있는 소국 연합까진 끝내셔야 하는 것 아닙니까?"

"동부 사령관이 알아서 하겠지. 여차하면 남부 사령관이 나서도 되는 일이고."

공국에서의 일이 마무리되면서 아켈리오는 중앙군을 이끌고 복귀할 각을 잡고 있었고, 대공가의 기사단 역시 서부군과 함께 서부 지역으로 돌아갈 준비를 하고 있었다.

흑마법사로 인해 벌어졌던 일들도 마무리되어 가는 것이다.

남은 건 제국 내에 산발적으로 일어나는 반란과 흑마법사들 잔당의 소탕뿐이다.

하지만 그건 대규모로 벌어졌던 일에 비하면 소소한 일일

뿐이다.

거기다 소국들이 연합군을 결성해 봤자 서대륙의 강국 하나도 상대하기 어려울 터.

하물며 강국이 그러할진대 제국은?

더 말할 것도 없었다.

"내가 직접 나서야 할 일은 없을 거야."

"음……."

타리온이 대답하지 못하고 침음성을 내뱉었다.

확실히 제국에는 인재가 많다. 카리엘 하나 없다고 제국에 문제가 생길 리는 없다는 뜻이다.

그런데 자꾸만 불안감이 들었다.

'저하께서 바라시는 대로 되어야 할 텐데…….'

타리온은 자꾸만 불안해지는 마음을 애써 감추면서 휴양지에서 뭘 할지 기대되는 표정으로 계획을 세우는 카리엘에게 맞장구를 쳐 주었다.

전부 끝났다는 생각 때문일까?

고된 일정 속에서도 환하게 웃으며 가는 카리엘.

예전이었다면 가는 내내 생각에 잠겨 있었겠지만 지금은 웃으면서 풍경도 구경하면서 연신 감탄사를 내뱉었다.

심지어 지나가는 상인들과 얘기도 나누고 물건까지 사 주었다.

'여유가 생기셨구나.'

매일같이 귀찮은 표정이 역력하던 카리엘의 얼굴에선 함박웃음이 떠나지 않았다.

"오오오!"

혹시나 자신을 잡지는 않을까 하는 생각에 공국의 수도에서 빠르게 멀어졌기 때문인지, 목적지였던 휴양지까진 금방 도착할 수 있었다.

서대륙에서도 유명한 휴양지답게 아름다운 바다를 배경으로 멋들어진 건물들이 들어서 있었다.

마공학과 고풍스러운 건축학이 절묘하게 이루어진 건물들 사이에서 휴양지에서나 볼 수 있는 나무들이 심겨 있는 모습은 남부에서 보았던 풍경보다 더 아름다워 보였다.

"확실히 이름값을 하긴 하네요."

타리온의 말에 카리엘이 미소를 지으며 말했다.

"그렇지?"

만족스러운 웃음을 터뜨리면서 별장으로 향하는 카리엘.

그런 그를, 황궁 기사들과 시종들 역시 웃으면서 뒤따랐다.

평소 별다른 터치가 없던 카리엘이기에, 자신들 역시 이 휴양지에서 충분히 만족스러운 휴식을 취할 수 있기 때문이다.

카리엘은 별장에 도착하자마자 곧바로 옷을 갈아입고 바다로 향했다.

해수욕장에서 가벼운 차림으로 바꾼 기사들과 함께 다니면서 휴양지를 구경했다.

첫째 날엔 해수욕장을, 둘째 날부터는 도시를 구경한 카리엘은 그것만으로도 부족했는지 인근 지역까지 돌아다니면서 구경했다.

"질리시지 않습니까?"

"질려? 글쎄……."

질린다는 느낌을 받지 못했던 카리엘은 고개를 갸웃거렸다.

전생엔 전쟁 때문에 제대로 쉬어 보지 못했고, 지구에서도 여행을 갈 시간이 없었다.

집이 잘살지 못한 터라 뼈 빠지게 일해야 했기 때문이다.

"그럼 이건 어때? 미혼인 이들 한정으로 가장 먼저 여자친구를 만나는 사람에게 이 돈을 걸지."

카리엘의 말에 황궁 기사들과 시종들의 눈이 번뜩였다.

황궁 기사들은 물론이고, 카리엘의 시종들 역시 그림자 출신이라 어디 가서 꿀리지 않는다.

"다들 자신 있어?"

"예!"

"좋아. 출발해."

카리엘의 명령에 신나서 출발하는 부하들.

그런 그들을 보며 타리온이 한숨을 쉬었다.

"저하도 혼인은 하시지 않았잖습니까."

"나야 어차피 정략혼일 테니까. 구경이라도 해야지."

카리엘의 말에 타리온은 작게 한숨을 쉬었다.

"그러는 타리온은? 그 나이 먹도록 결혼도 안 하고 뭐 했어?"

"했었습니다."

"했었다고?"

카리엘의 물음에 타리온이 쓴웃음을 지으며 작게 고개를 끄덕였다.

"사별했습니다."

"아…… 그럼 자식은?"

타리온이 작게 고개를 젓자 잠시 입을 다문 카리엘이 조심스레 말했다.

"재혼도 생각해 봐. 언제까지 혼자 살 수는 없잖아."

"……생각해 보겠습니다."

애써 웃으면서 말하는 타리온을 보며 카리엘은 작게 고개를 끄덕였다.

타리온도 뭔가 비밀이 있는 것 같았지만 지금 단계에선 물어보기가 쉽지 않았다.

'가만 보면 친위대 녀석들 전부 비밀이 있단 말이야?'

심상치 않은 비밀을 하나씩 품고 있는 친위대원들을 생각하며 고개를 갸웃거리던 카리엘은 타리온에게 물었다.

"친위대 녀석들은 뭐 하고 지내려나?"

"저하께서 명하신 걸 수행하느라 정신없을 겁니다."

잠시 카리엘을 지키기 위해 수도에서 벗어났던 친위대는 전원 1황자 궁으로 복귀했다.

동시에 카리엘이 명한 것을 수행하기 위해 열심히 연구 중이라는 소식이 들려왔다.

수도를 벗어나기 전에 카리엘이 명했던 것들.

하나같이 범상치 않은 명령들이라 친위대원 전원이 바쁜 일과를 보내는 중이었다.

"저한테 부럽다고 연락이 오더군요."

그렇게 말한 타리온이 미소를 지었다.

여유로운 자신과 달리 바쁜 일정을 소화하고 있는 토토가 시간 날 때마다 타리온에게 부럽다고 서신을 보내왔던 것이다.

"어느 정도 마무리되면 한번 놀러 오라고 해. 그들이 부탁했던 것들도 하나씩 들어줘야지."

"예, 그렇게 전하겠습니다."

친위대가 간직한 비밀들을 하나씩 털어 가면서 그들이 원하는 바를 들어주기로 결심한 카리엘.

이것도 다 여유가 생겼기에 가능한 일이었다.

"자! 그럼 오늘은 뭐 하고 놀까?"

카리엘은 잔뜩 기대되는 표정으로 생각에 잠겼다.

그 모습을, 타리온과 시종들은 웃으면서 바라보았다.

　　　　　　　　　　✳

그러나 여유 있는 카리엘 일행과는 달리 서대륙 전체는 상당히 혼잡한 상황으로 변해 갔다.

-제국과 공국의 동맹 체결! 이제 다음 단계는 혈맹으로?

-아이론-제국-공국으로 이어지는 거대 동맹. 남은 국가들은?

-남부 연합과 성국의 비공식 회담.

-앞으로 서대륙의 미래는 어떻게 될까?

제국과 공국의 동맹으로 성국과 남부 연합이 완전히 갈라져 버렸다.

그것만으로도 남은 국가들에겐 불리한 상황인데, 거기에 더해 제국이 소국들에 대한 징벌을 시작한다는 소문이 퍼져 나갔다.

최소한의 완충 작용을 하던 국가들이 전부 사라지면 남은 국가들이 심대한 위협을 받게 되기 때문에 남부 연합과 성국에서 강렬히 항의했으나 소용이 없었다.

제국에서 그동안 소국들이 저지른 범죄 증거들을 공개해 버렸기 때문이다.

하지만 발표했음에도 불구하고 곧바로 소국 연합을 치진 못했다.

당장에라도 모든 소국을 쓸어 버릴 수 있을 거란 생각과 달리 제국 내에서 일어난 반란의 규모가 심상치 않았기 때문이다.

반란이 한 군데에서만 일어났다면 그나마 수월했지만, 제국 각 지역에서 산발적으로 일어났고 흑마법사들까지 반란에 합류하면서 토벌하기가 쉽지 않아졌다.

그런 상황에서 소국 연합이 비밀리에 제국의 반란 세력에 물자를 보급하기 시작했다.

그런데 그걸로 끝이 아니었다.

"저하, 이것을……."

한창 휴가를 즐기고 있는 카리엘에게 타리온이 다급하게 서신을 전해 주었다.

그림자를 통해 다급히 보낸 검은 봉투에 담긴 서신을 본 카리엘의 입가에서 미소가 사라졌다.

"이 새끼들 봐라……."

남부 연합이 몰래 소국 연합에 자금을 지원해 주고 있다는 정황이 포착되었다는 그림자의 보고.

그것을 이유로 황궁에서는 카리엘이 분쟁 지역에 압박하길 원한다는 내용이 담겨 있었다.

"아무래도 상황이 심상치 않은 것 같습니다. 이렇게 계실 때가……."

타리온의 말에 카리엘이 작게 한숨을 쉬며 말했다.

"그렇다고 내가 황궁에 복귀할 수는 없잖아."

"음……."

"귀찮아서가 아니라 지금 내가 복귀하면 괜한 혼란만 가중되기 때문이야."

타리온이 미심쩍은 표정을 짓자 카리엘이 억울하다는 듯 눈에 힘을 주었다.

그러자 애써 고개를 돌리면서 수긍하는 타리온.

"에휴, 부하조차 날 믿지 못하네."

"……믿습니다."

"그게 믿는 얼굴이냐?"

"흠흠!"

헛기침하는 타리온에게 카리엘이 차분히 설명했다.

"잘 들어 봐. 지금 두 황자들에 의해 권력이 양분되기 시작했지?"

"예."

"그런데 내가 가면? 괜히 의심하는 놈들이 생긴다니까? 이 새끼가 약속을 안 지키고 다시 황태자가 되려는 거 아닌가?

아니면 이참에 황제가 되려는 건가?"

"설마요."

"있어. 너도 보고 들어서 알잖아."

"극소수일 뿐입니다."

"그놈들이 힘 있는 놈들이라는 게 문제지. 그 녀석들이 계속해서 그런 주장을 해 봐. 그럼 뒤따르는 녀석들이 생길걸."

괜한 위험을 자초할 필요는 없다.

차기 황태자가 생기기 전까진 얌전히 이곳에 박혀 있는 게 상책이었다.

하지만 타리온은 카리엘이 너무 걱정을 사서 한다는 느낌이 들었다.

"쯧! 일단 분쟁 지역에 남아 있는 군대부터 모아 봐."

"직접 움직이실 생각입니까?"

타리온의 물음에 카리엘이 고개를 끄덕였다.

그러자 웬일이냐는 표정으로 바라보는 타리온. 그런 그를 카리엘이 미소를 띤 얼굴로 보며 말했다.

"너무 쉬기만 하는 것도 안 좋아. 가끔은 소일거리 같은 것도 해 줘야 휴식의 참맛을 느낄 수 있지."

그리고 분쟁 지역에 있는 병력들의 지휘관들을 불러 모았다.

"짧게 설명할게. 지금부터 우린 탈로스를 압박한다."

"괜찮으시겠습니까?"

탈로스의 물음에 카리엘이 고개를 끄덕였다.

"명분이야 충분하지. 아직도 소국 연합이 분쟁 지역에 군대를 남겨 두었잖아."

"탈로스에 있지 않습니까?"

"그게 무슨 상관이야, 아직 분쟁 지역에 대한 협상은 시작도 안 했는데."

카리엘이 그렇게 말하면서 빙그레 웃었다.

아이사르만을 공국과 제국 탈로스가 나눠 갖는 걸 죽기보다 싫어하는 탈로스가 계속해서 협상을 미루고 있었다.

그래서 이곳은 아직도 공식적으로는 분쟁 지역이었다.

사실상 영토가 확정되었음에도 불구하고 공식적으로는 분쟁 지역이기 때문에 소국 연합 역시 이 분쟁 지역에 한 발 담그고 있는 것이나 다름없었다.

무엇보다 소국 연합이 공국의 위기 시에 마적들의 뒤를 봐줬다는 정황증거도 있는 바.

제국이 소국 연합을 치기에 명분은 차고 넘쳤다.

그런데 마침 그들이 탈로스가 있는 분쟁 지역에 있는 것이다.

"우린 소국 연합을 치러 가는 거야. 알지?"

"예!"

"좋아. 시작해."

명령을 내린 카리엘이 느긋하게 의자에 앉아서 에메랄드

황제는
은퇴하고
싶습니다

빛 바다의 풍경을 감상했다.

"이렇게 있어도 되는 겁니까?"

"그럼~! 군대를 이끄는 건 지휘관들의 몫일 뿐. 내가 나서야 하는 순간은 저들이 협상하기 위해 항의 서한과 함께 사신을 보냈을 때뿐이야."

그렇게 말한 카리엘은 여유롭게 과일주스가 담긴 잔을 들어 올렸다.

※

서대륙에 암약하던 흑마법사들 대부분이 동대륙으로 넘어갔건만, 아직도 그들이 남긴 걸로 인해 대륙의 모든 국가들이 몸살을 앓고 있었다.

특히 제국 같은 경우 내부와 외부 모두를 신경 써야 될 만큼 정신이 없었다.

"다들 바빠 보이네."

카리엘이 타리온과 식사하며 말하자 다들 헛기침했다.

궁에서 나온 이후 그는 시종들, 기사들과 식사하고는 했는데, 단순히 그것만으로 그치지 않고 노는 것도 같이했다.

그렇기에 정말 이렇게 있어도 되는 건가 싶은 마음에 헛기침하는 것이다.

"흑마법사들이 끈질긴가 봅니다. 특히 벨푸르스의 잔당이 심각하더군요."

타리온의 보고에 카리엘은 작게 고개를 끄덕였다.

"오랜 시간 암약했을 테니까."

전생에 자신을 괴롭혔던 존재들인 만큼 쉽게 처리할 수 없는 것도 당연했다.

황제가 된 후 겪은 일들 중 가장 끔찍했던 것은 마왕의 침공이나 로만의 침공이 아니었다.

바로 반란과 인접 국가들의 침공이었다.

그러니 이 사건들을 일으킨 원인으로 추측되는 벨푸르스를 쉽게 잡을 수 없을 리가 없었다. 심지어 전생엔 벨푸르스가 흑마법사와 결탁했다는 것조차 알지 못했으니 말이다.

'그만큼 제국이 썩어 있었다는 뜻이지만……. 그래도 짜증나네.'

한 번쯤은 의심해 봤으나 쥐 죽은 듯 얌전히 있었고, 어느 순간 멸문했다고 알려졌기에 신경을 껐다.

수많은 사건들로 정신이 없었던 터라 거기까지 신경 쓸 겨를이 없었다.

하지만 지금에 와서 생각해 보면 수상한 점이 한두 가지가 아니었다.

"급하게 토벌하려고 하면 안 돼."

"예. 중앙에서도 차근차근 안전 지역을 확보해 나가겠다고 합니다."

한 곳씩 치안을 완벽하게 만들면서 동시다발적으로 일어난 반란을 진압한다는 계획이었다.

　동시에 그림자와 특수부대들을 투입하여서 타국의 개입에 대한 증거를 확보하고 있었다.

　"뭐…… 알아서들 잘하겠지."

　여기서 고민해 봤자 답이 없었기에 카리엘은 식사에 집중했다.

　그러자 타리온이 작게 한숨을 쉬었다.

　혹시나 싶어서 말을 꺼내 봤지만 복귀할 생각은 조금도 없는 것 같았다.

　"그나저나 탈로스는 아직도 반응이 없어?"

　"예."

　카리엘의 물음에 타리온이 고개를 끄덕이며 답했다.

　그러자 의외라는 듯 고개를 갸웃거렸다.

　아무리 명분을 가지고 도발하는 것이지만, 탈로스 입장에선 기분이 나쁠 수밖에 없었다.

　그렇기에 항의 서한 정도는 보내올 줄 알았다.

　"이상하네?"

　"저하를 철저히 무시하는 전략으로 가는 것 같습니다."

　"나를?"

　"예."

　타리온이 그렇게 답하면서 현재 탈로스가 하는 작전들로

추정되는 것들을 설명해 주었다.

1. 소국들을 비밀리에 지원.
2. 범죄 집단의 금적적 지원.
3. 제국 내 반란 세력과 비밀리에 접선 및 협력.

전부 제국을 흔들어 보기 위한 수작질.

탈로스뿐만 아니라 로테온 역시 이 수작질에 동참하고 있었다.

그렇다면 성국은 어떨까?

그들 역시 가만히 있지 않았다.

남부 연합처럼 뒤에서 수작질을 부리지 않고 정당하게 움직였다.

그들이 가장 자신 있는 선교 활동이다.

연이은 전쟁으로 피해를 본 이들의 마음을 파고들어 은근슬쩍 제국에 반감을 갖도록 하는 것이다.

법을 어긴 게 아닌 만큼 잡아들이기도 어려울뿐더러, 성국 소속의 신관들이 아니었기에 추방시키기도 어려웠다.

본래 성국이라면 태양신을 섬기지 않는 다른 사제들은 인정하지 않았겠지만, 그들 역시 상황이 급박했기에 어쩔 수 없었다.

"재밌게 돌아가네."

카리엘이 재밌다는 듯 피식 웃으면서 말했다.

탈로스와 로테온, 성국이 의도적으로 카리엘을 배제하고 움직이고 있었다.

그렇기에 공국은 평화로웠다.

아예 동쪽은 쳐다보지도 않겠다는 듯, 철저하게 외면하면서 제국만 괴롭히고 있었다.

"대신들한테서 곡소리가 나고 있겠어."

"……그럴 겁니다."

타리온의 대답에 카리엘이 흥미진진한 눈빛으로 웃었다.

이제는 전생의 미래와 완전히 달라졌다. 전생에 지금쯤이라면 귀족 파가 힘을 합쳐 황제 파를 압박할 시기였다.

그런데 황제 파가 사라지고 귀족 파는 갈라졌다.

그리고 내분이 일어나지는 않았다. 대신 제국과 타국들의 기 싸움이 진행 중이었다.

"또 있어?"

"예. 남부 연합과 성국이 비밀리에 회동을 가졌다고 합니다."

"저번에 했잖아."

"이번엔 그 정도가 아닙니다. 주기적으로 만남을 가지면서 뭔가를 계획하고 있다고 합니다."

검은 봉투로 감싸인 보고서를 꺼내면서 말하는 타리온.

특급 기밀 정보에 카리엘의 표정이 굳어졌다.

제국에서 최상위 몇 명만 볼 수 있는 보고서를 들여다보던 카리엘이 미간을 찌푸렸다.

"이걸 나한테 보여 주는 이유가 뭐야?"

중앙에서 자신한테 특급 기밀 정보를 보여 준 이유가 있을 것이다.

"……탈로스를 좀 더 압박해 주셨으면 좋겠다고 합니다."

"여기서 더 하면 전쟁이야. 알지?"

카리엘의 말에 타리온도 작게 고개를 끄덕이고 고개를 숙였다.

선택은 그가 해야 한다는 듯 말을 아끼는 그 모습에 카리엘은 한숨을 푹 쉬었다.

"은퇴한 지가 언제인데 아직도 나한테 이런 걸 보내는 거야!"

카리엘이 신경질적으로 보고서를 던지면서 머리를 짚었다.

"그만큼 제국이 어렵습니다."

"다 해 줬잖아. 그 정도 판을 깔아 줬으면 스스로 해야지. 언제까지 떠먹여 줘야 하나?"

"크흠!"

카리엘이 타리온을 노려보면서 말하자 타리온은 재빨리 고개를 돌렸다.

다른 이들 역시 카리엘의 매서운 눈초리를 피해 머리를 숙이고 먹는 데 집중했다.

"후……."

흥분을 가라앉힌 카리엘은 곰곰이 생각에 잠겼다.

"소국들과 반란 세력으로 제국이 혼란스러운 동안 수를 써 보려는 건가?"

"그럴 가능성이 높습니다."

"제국과 전쟁을 해 보겠다고?"

카리엘이 눈을 가늘게 뜨면서 중얼거렸다.

제국과의 전쟁.

분명 그것은 남부 연합과 성국 입장에서도 어려운 결정일 것이다.

아이론과 공국과 동맹을 맺은 제국이기에 승산은 한없이 낮을 터.

"다시 갖고 와 봐."

"넵!"

황급히 바닥에 떨어진 보고서를 주워다 돌려준 타리온.

구겨진 보고서를 펴서 천천히 읽어 보는 카리엘이 고개를 갸웃거렸다.

"뭘 믿고 이러는 거지?"

카리엘이 그렇게 중얼거리면서 미간을 찌푸렸다.

'벨푸르스? 아무리 그들이라도 더는 여력이 없을 텐데…….
로만으로 공국을 묶어 두려는 건가? 그래도 승산은 낮을 터.'

카리엘이 이해가 안 간다는 듯 고개를 갸웃거렸다.

현재 제국에서 가장 약한 고리가 어딜까?

귀족들?

그렇다고 보기엔 현재의 제국은 각 파벌로 똘똘 뭉쳐 있었다.

두 황자의 파벌로 나뉘어 있으며 중립파는 제국을 위대하게 만들겠다는 일념으로 뭉쳐 있었다.

'아이론?'

지금 당장 생각나는 것은 그곳밖에 없었다.

동맹으로 묶여 있다고는 하지만 공국처럼 단단하게 묶여 있지는 않았다.

그걸 감안해도 말이 되지 않았다.

아무리 상인들이라지만 신의를 잃는 순간 어떻게 되는지 본인들이 가장 잘 알고 있었다.

제국과 함께하기로 한 이상 배신할 수는 없었다.

"잠깐."

카리엘이 고개를 갸웃거렸다.

"제국과 아이론의 협정서 내용이 정확히 어떻게 되지?"

카리엘의 물음에 타리온이 잘 모르겠다는 듯 고개를 갸웃거렸다.

"중앙에 협정서 내용 좀 보내 보라고 해 봐."

"예."

타리온이 고개를 숙이고 다급히 사라지자 카리엘이 곰곰이 생각에 잠겼다.

자신의 생각이 맞다면 아이론은 지금 꼼수를 쓰는 것이다.

"꼼수를 쓴다라……."

카리엘의 표정이 굳어졌다.

아이론 연맹 자체가 상인들이 모여 만든 나라답게 얍삽한 면이 있었다.

일정 기간을 명시하고 갱신하도록 만들었다면, 그 시기가 지날 경우 공식적으로는 아이론에 귀책사유가 없어진다.

대륙 회의에 맺었던 것을 감안하면 흑마법사와 관련이 있을 터.

'만약 흑마법사들을 몰아내는 것으로 협정 기간이 끝나고 갱신하도록 되어 있다면……..'

카리엘이 그렇게 생각하며 심각한 표정을 지었다.

제국 내에 있는 반란군이 토벌되는 순간 일시에 삼국이 제국을 친다. 그 상황에서 믿었던 아이론이 배신하거나 중립을 지키기라도 한다면 제국은 곤란해지는 것이다.

동대륙과 무역이 잦은 탈로스라면 로만과도 비밀리에 협약을 맺을 수도 있을 것이다.

그건 즉, 공국 역시 로만에 묶이게 된다는 뜻이다.

사실 이러한 가정이 말이 안 되기는 했다.

동맹을 맺고서 얼마 되지 않아 배신한다는 것 자체가 국격 자체를 낮춰 버리기 때문이다.

하지만 그것을 감안할 정도로 아이론이 제국의 성장에 위기감을 느꼈다면?

"상인 놈들은 믿을 수가 없지."

전생을 생각하며 이를 가는 카리엘.

미숙하던 시절, 그들에게 당한 일을 떠올리면 아직도 이가 갈렸다.

제국이 어려운 곳을 칼로 후벼 파 이득을 챙기는 더러운 놈들이었다.

그러니 이번에도 완전히 믿을 수는 없었다.

"결국 대규모 전쟁이 발발하게 되는 건가?"

작게 중얼거린 카리엘이 심각한 표정을 지었다.

전생과는 다른 형태였지만 결국 서대륙은 대규모 전쟁으로 이어질 수밖에 없는 흐름으로 가고 있었다.

카리엘이 골치 아픈 표정으로 생각에 잠겨 있을 때였다. 타리온이 다급히 카리엘에게 다가왔다.

"보냈어?"

"예. 빠른 시일 내에 협정문 사본과 보고서가 도착할 것입니다."

타리온의 보고에 고개를 끄덕인 카리엘이 머리를 짚으면서 머리를 상쾌하게 해 주는 허브차를 들이켰다.

"만약…… 상황이 안 좋아지면 복귀하실 생각입니까?"

"……글쎄. 먼저 확인부터 해야겠지."

카리엘이 싸늘한 눈빛으로 보고서를 들여다보다가 고개를 돌렸다.

정말 어쩔 수 없는 상황이 되면 나서긴 해야 할 것이다.

삼국이 쳐들어오고 아이론이 동맹을 깬다면 혼란이 찾아올 터. 그 틈을 노리고 분란을 일으킬 경우 2개로 나뉜 파벌들도 영향을 받을 수밖에 없을 터.

그렇게 되기 전에 그가 나서서 중심을 잡아 주는 수밖에 없었다.

"……아닐 거야."

아무리 아이론이라고 하더라도 그렇게 신의 없는 놈들은 아닐 거다.

무엇보다 현재의 제국은 그리 약하지 않다.

설사 예측대로 된다고 하더라도, 최악의 상황을 직면하기 전에 차단하면 그만이었다.

"아무래도 좀 더 적극적으로 움직여야겠어."

"적극적이라 하오시면……?"

타리온의 조심스러운 물음에 카리엘은 잠시 생각에 잠겼다가 입을 열었다.

"중앙에 말해서 돈 좀 보내 달라고 해."

"돈 말입니까?"

"그래. 상대가 소국들을 이용해서 우리를 괴롭힌다면 우리도 똑같이 해 줘야지."

카리엘의 말에 타리온이 고개를 갸웃거렸다.

"녀석들이 도적 떼를 이용해서 제국의 국경을 어지럽힌다지?"

"그렇습니다만…… 설마?"

"그래. 우린 해적을 이용하자."

카리엘은 그렇게 말하며 미소를 지었다.

"탈로스와 로테온의 약점이 해상무역이잖아. 해적들을 통해 그것만 건드려도 지금처럼 날뛰진 못할걸."

"음…… 괜찮겠습니까? 제국은 해적과 접점이 별로 없습니다."

"그러니 공국의 도움을 받아야지."

이럴 때 사용하려고 동맹을 하는 것이다.

예전부터 아이사르만을 점령하고 있는 공국이니 이쪽 해적들과도 어느 정도 안면은 있을 터.

그들을 불러다 자리만 만들어 주면 잘 구슬려서 남부 왕국들의 뒤통수를 치게 만들 수 있었다.

"아이사 군도의 해적 연합이 그리 지독하다지?"

카리엘이 그렇게 말하면서 빙그레 웃었다.

남부 왕국들뿐만 아니라 동대륙의 로만 제국조차 학을 떼는 존재들이 아이사 군도의 해적 연합이었다.

그들만 잘 꼬드기면 강력한 한 방을 날려 줄 수 있을 것이다.

"공왕과 중앙에 보내는 서신이야. 그리고 이건 감찰부."

"감찰부는 왜……?"

"성국을 이대로 내버려 둘 거야?"

"아…….."

카리엘의 말에 타리온이 작게 고개를 끄덕였다.

"이 새끼들을 털면 먼지라도 나올 거 아니야. 탈탈 털라고
해."

"예!"

방랑 사제들을 털라고 명령한 카리엘이 이를 바득 갈면서
말했다.

"감히 내 휴식을 방해해?"

남부 왕국들과는 평화적으로 가려 했던 카리엘은 방향을
바꿨다. 아무래도 이놈들에게는 몽둥이를 들어야 할 것 같
았다.

휴식을 방해한 대가는 크다!

그토록 분노하며 타리온에게 얘기했던 것과 달리 카리엘은 그리 움직이지 않았다.

여전히 탈로스를 크게 자극하지 않는 선에서 소국 연합군을 자극하고, 공왕에게 서신 하나를 보냈을 뿐이다.

어차피 일은 밑에 사람들이 하는 법.

서신을 전하는 그림자들만 죽어날 뿐, 카리엘의 여유로운 상황은 아직 이어지고 있었다.

"나쁘지 않아. 이 정도만 되어도 살 만하지."

스테이크를 야무지게 썰어 먹는 카리엘을 보면서 타리온은 한숨을 쉬었다.

대차게 분노한 것치고는 크게 변하지 않는 풍경에 다들 김이 빠진 모습이었다.

하지만 카리엘은 만족했다.

'어떻게 얻은 평화로운 삶인데 쉽게 포기할까 보냐?'

반드시 이 평화를 지키겠다는 일념으로 카리엘은 스테이크를 더 전투적으로 씹어 댔다.

하지만 그런 그의 결심과 달리 제국의 상황은 점점 더 안 좋아지고 있었다.

여기저기서 일어나는 반란은 아무리 능력 좋은 대신들이라고 하더라도 혼란에 빠질 수밖에 없게끔 상황을 몰아가고 있는 것이다. 그런 상황에서 외부까지 신경 써야 하니 미칠 노릇이었다.

그래도 카리엘이 만들어 놓은 판이 워낙 견고했기에 무너지지는 않았다.

다만 제국민들조차도 슬슬 불안감을 느끼기 시작한 만큼 절대 좋지 않은 상황이라는 건 확실했다.

그러다 보니 카리엘도 고민하기 시작했다.

'군을 움직여야 하나?'

해적들을 움직일 때까진 좀 더 과감하게 군을 움직여야 하나 고민할 때였다.

"공왕에게서 답장이 왔습니다."

"그래?"

기다리고 있던 답변이 도착하자 카리엘은 빙그레 웃으면

서 서신을 살펴보았다.

"좋아."

공왕이 부탁을 들어준다는 내용이었다.

"슬슬 움직여야겠군."

"직접 가실 생각입니까?"

타리온의 물음에 카리엘이 고개를 끄덕였다.

공왕의 인맥이 상당했는지 해적 연합에서 중진급이 나온다고 한다.

그러니 이쪽도 직접 움직여 주어야 격이 맞는다.

"위험합니다."

"괜찮아."

타리온의 걱정 어린 말에 카리엘은 괜찮다는 듯 말한 후 피식 웃었다.

공왕도 걱정이 좀 되었는지, 믿을 만한 자를 중재자로 파견시키겠다는 말을 적어 놓았다.

"마스터가 있는데 뭐 어쩌겠어."

"샤르도나 후작을 파견한다는 겁니까?"

"그래. 공왕도 지금 상황이 마음에 안 드나 봐."

그렇게 말하면서 웃는 카리엘.

확실히 제국 하나를 서대륙의 강국들이 쥐어 패고 있는 상황이니 마음에 들지 않을 만했다.

이러다 대규모 전쟁이라도 발발한다면 얼마 전 전쟁을 끝낸 공국 입장에선 난감할 만했다.

어떻게든 국력을 회복할 시간을 벌어야 했다.

그렇기에 카리엘의 계획은 공왕도 바라는 일이기도 했다.

"하지만 그것만으로 샤르도나 후작을……."

"자기 돈이 들어가는 것도 아니니 내 계획을 밀어주는 것도 나쁘지 않아 보이겠지."

"음……."

확실히 공국 입장에선 손해 보는 게 없었다.

제국의 돈으로 해적들을 움직이는 것이고, 결과가 좋으면 자신들의 국력을 회복할 시간도 벌 수 있을 테니.

문제는 해적들이 카리엘을 위협할 경우였다.

그것만 사전에 차단하면 공국 입장에선 최상의 결과였기에 안전하게 샤르도나 후작을 파견한 것이다.

기사단을 움직이면 사람들에게 들킬 테니 마스터만 슬쩍 마실 나갔다 오는 것이다.

"으음……."

마스터가 온다는데 타리온도 더는 반대할 수 없었다.

"자! 그럼 오늘 할 일도 대충 끝났으니 놀러 갈까?"

카리엘이 빙그레 웃으면서 밖으로 나갈 채비를 했다.

"질리지 않으십니까?"

"아직까지는?"

타리온의 물음에 웃으면서 답한 카리엘은 바닷가로 놀러

나갔다.

제국의 1황자가 휴식을 취하는 곳이라는 명성이 더해지면서 더더욱 유명해진 이 휴양지에는 공국의 귀족 가문의 영애들이 몰려들고 있었다.

귀족 가문의 영애들답지 않게 상당히 과감한 옷을 입고 해안가를 거닐고 있었는데, 딱 봐도 누군가에게 보여 주려는 움직임이었다.

"오늘도 저하를 애틋하게 바라보는군요."

"연기야. 연기를 하려면 제대로 하지. 쯧쯧!"

카리엘이 혀를 찼다. 그러자 타리온이 고개를 갸웃거렸다.

"대체 어떻게 알아보시는 겁니까?"

타리온의 물음에 근처에서 호종하던 기사들과 시종들도 궁금한 표정을 지었다.

그림자 출신인 타리온이야 전문적으로 훈련받았기에 그럭저럭 알아볼 수 있었고, 황궁 기사들도 조금은 배웠기에 그럭저럭 알아챌 수 있었다.

그러나 카리엘은 아니었다. 그런데도 그들보다 더 잘 알아보고 있었다.

가끔은 타리온도 혹할 만한 여인들의 연기도 알아볼 정도였다.

"쯧쯧! 이 정도도 못 알아보면 호구 잡힌다."

"저 여인이야 그렇다 치는데, 저번에 봤던 여인은 정말 저하를……."

"그래서, 뒷조사해 봤더니 어땠지?"

카리엘의 말에 표정을 굳히는 타리온.

"크흠!"

타리온조차 속았을 정도의 여인이었다.

대충 조사했을 때는 상인 가문의 영애였고, 특이 사항은 없었다.

딱 카리엘이 좋아할 만한, 튀지 않고 부담스럽지 않은 신분에 차분한 여인이었다.

하지만 카리엘은 단호하게 그 여인을 쳐 내고 조사를 명했다.

그 결과, 상인 가문에서 아주 어릴 때부터 키운 전문적인 사기꾼이라는 게 밝혀졌다.

혈통은 맞았지만 정실의 혈통이 아니었던, 딱 이럴 때 써먹으려고 키운 여인이었던 것이다.

'내 짬밥이 얼만데…….'

전생에 수없이 겪어 봤던 일이다.

황제가 된 이후 정신없던 와중에도 권력을 쥐어 보겠다고 달려든 귀족 가문들이 수없이 많았다.

연회만 열렸다 하면 카리엘을 노리고 달려드는 여인들.

비어 있는 황후 자리를 노리는 수많은 여인들 속에서 살아남은 것이 카리엘이었다.

그러니 수많은 유혹을 겪어 본 카리엘 입장에서 이곳에서 일어나는 일들은 가소로운 것에 불과했다.

"귀엽긴 하네."

어설픈 연기를 하는 여인들을 재밌다는 듯 바라보며 지나가는 카리엘.

그 모습을 보며 타리온은 심각한 표정을 지었다.

'저하께선 사실…… 남들과 다른 취향이…….'

순간 타리온은 불순한 생각이 들었지만 애써 지워 냈다.

토토를 볼 때면 징그러워하던 것을 보면 꼭 그렇지도 않은 것 같았다.

그렇다면 그냥 관심 자체가 없다는 건데…….

'고자도 아니고…….'

한창 혈기왕성한 나이에 왜 다 늙은 노인과 같은 눈을 하고 있었는지가 이상했다.

그래도 주군이었기에 타리온은 애써 모른 척하면서 오늘도 카리엘의 힐링에 동참해 주었다.

❊

그렇게 며칠간 소소한 일 처리를 하고는 밖으로 나가서 놀던 카리엘이 마침내 먼 길을 떠나기 위한 준비를 했다.

"야, 옆 도시잖아. 이렇게까지 준비할 일이야?"

"혹시 무슨 일이 생길지 모르잖습니까."

해적을 휴양지에서 만나기는 좀 그랬기에 공국의 영토 내에 있는 도시에서 만나기로 했다.

문제는 그곳이 그리 멀지 않다는 점이었다.

"이왕 가시는 거, 도시에서 며칠 지내다 오는 것도 나쁘지 않지 않겠습니까?"

"흠……."

타리온의 말에 카리엘이 미간을 찌푸리며 주변을 돌아보았다.

다들 휴양지에 질린 표정들이었다.

처음이야 아름다웠겠지만, 노는 것도 하루 이틀이다.

매일같이 해변가를 거닐고 도시를 구경하는 것도 슬슬 지루해진 것이다.

"……그럴까?"

사실 카리엘도 슬슬 물리던 참이었다.

그래서 그는 '욜로 라이프를 즐기려면 어디 한 군데 박혀 있어야 한다는 법도 없으니 이참에 옆 도시에서 차분하게 구경을 해 볼까?'란 생각을 하며 휴양지를 벗어났다.

딱 봐도 발전했다는 것이 보이는 거대한 도시에 들어서자 마차를 숙소에 대고는 곧바로 검은 로브를 뒤집어썼다.

"1황자 저하를 뵙습니다."

"반갑소."

카리엘이 오랜만에 봐서 반갑다는 듯 샤르도나 후작과 악수했다.

"접선 장소는 어디요?"

"저쪽 건물 지하에 있습니다."

샤르도나 후작의 말에 고개를 끄덕인 카리엘은 타리온과 함께 움직였다.

너무 많은 인원이 움직이면 의심을 살 수 있기에 평범한 관광객인 척 움직이는 시종들과 황궁 기사들이 주변 건물들의 상점에 음식을 시키고는 대기했다.

"……해적들입니다."

"예상보다 많네?"

아닌 척하지만 타리온의 눈을 피해 갈 수는 없었다.

해적으로 보이는 자들이 평범한 사람들처럼 위장하고 곳곳에 깔려 있는 것이 보였다. 그런데 그 숫자가 타리온이 예상한 것보다 훨씬 많았다.

"고위급 간부라는 건가?"

"그걸 감안해도 좀 많긴 합니다. 수준도 높은 편이고."

타리온이 걱정스러운 표정을 지었으나, 카리엘은 웃으면서 슬쩍 샤르도나 후작을 바라보았다.

마스터가 옆에 있는데 걱정하는 게 우스웠다.

중재자인 후작의 뒤를 따라 건물 안으로 진입했다. 평범한 펍이었는데 사전에 얘기가 되어 있는지 손님은 한 명도 보이지 않았다.

미리 비워 둔 건물에서 비밀 통로를 통해 지하로 향하자 한 명의 해적이 기다리고 있었다.

"음…….."

타리온이 식은땀을 흘리면서 자신도 모르게 허리춤에 있는 검에 손을 가져갔다.

"저하, 저자의 실력이 범상치 않습니다."

긴장된 얼굴로 작게 말하는 타리온의 목소리에 카리엘이 미간을 찌푸렸다.

"최소 저와 동급입니다."

그 말에 카리엘의 표정이 굳어졌다.

마스터를 제외하고 세 손가락 안에 들 거라고 추정되는 타리온이다.

그런 타리온이 긴장할 정도라면 거의 마스터에 근접한 자라고 봐야 했다.

해적들 중에 이 정도 경지에 오른 사람은 한 명밖에 없었다.

"……해적왕인가?"

"소문이 사실이었군. 반갑소. 해적들을 이끌고 있는 존 키드라고 하오."

"……제국의 1황자 카리엘이오."

상대가 해적왕이라면 그에 걸맞은 대접을 해 주어야 하는 법.

하대하지 않는 카리엘을 보며 해적왕의 눈이 크게 떠졌다.

"하대를 해도 괜찮소만…….."

"해적왕이라면 마땅히 대접해야 하는 법이오. 무엇보다 부탁하는 처지이니 굽히고 들어가야지."

카리엘이 빙그레 웃으면서 말하자 해적왕이 호탕하게 웃었다.

"재밌는 분이셨구려."

"뭐 잡담은 나중에 하고……. 일단 일부터 처리하는 게 어떻겠소?"

"좋소."

해적왕도 그편이 좋다는 듯 고개를 끄덕였다.

그러자 카리엘의 눈이 빛났다.

해적왕이 직접 왔다면 이쪽도 판돈을 올려야 하는 법.

'계획을 바꿔야겠어.'

해적들이 진심인 것을 확인한 카리엘은 탈로스를 더 괴롭힐 방법이 생각났다.

"계약금으로 10만 골드를 줄 생각이오."

"으음……."

"적다고 생각하시오?"

웬만한 영지 정도는 그냥 살 수 있는 돈이었지만 해적왕을 움직이기엔 모자랐다.

예상보다 적은 돈에 해적왕이 마음에 들지 않는다는 표정을 대놓고 드러냈다.

"내가 움직일 만한 돈은 아니오."

"알고 있소."

그걸 알면서 왜 이런 금액을 제시했냐고 묻는 듯한 해적왕.

"부족한 건 거래로 대신할 생각이오."

"……거래?"

"그렇소, 탈로스를 괴롭히는 건 제국뿐만 아니라 그쪽도 원할 것이니……."

카리엘의 말에 이해가 안 간다는 표정을 짓는 해적왕.

그런 그에게 카리엘이 빙그레 웃으면서 말했다.

"대포. 언제까지 비싼 값에 몰래 사들일 것이오?"

카리엘의 말에 해적왕의 눈이 동그랗게 떠졌다.

"설마……."

"우리가 팔겠소."

확답을 주듯 말하는 카리엘의 모습에 해적왕뿐만 아니라 옆에 있는 샤르도나 후작까지 놀란 표정을 지었다.

"제국의 대포와 마도포 기술은 잘 알 것이오."

"그걸 정말 우리에게 팔겠다는 것이오?"

"물론이오. 참고로 내가 준 계약금은 앞으로 동대륙과 거래할 우리 선단의 보호비요."

카리엘은 어딘가 산뜻해 보이는 얼굴로 말했다.

이 말의 의미를 이곳에 있는 자들 중에 모르는 자는 없었다.

"언제까지 해적이라는 악명을 뒤집어쓰고 살 것이오? 이제 정식 국가로 발돋움할 때가 되지 않았소?"

카리엘의 말에 천하의 해적왕이 침을 꿀꺽 삼켰다.

서대륙 최강인 제국이 해적들의 국가를 인정한다?

물론 이렇게 된다고 하더라도 곧바로 공식적인 국가가 되기는 힘들 것이다.

하지만 공국도 인정해 준다면?

논란은 될지언정 시간이 지나면 공식 국가로 인정될 가능성이 높다.

문제는 그들의 정체성이 해적이라는 점이다.

"으음……."

"약탈이 문제요?"

카리엘이 해적왕이 고민하는 바를 잘 아는 듯 빙그레 웃었다.

"기반이 해적인데 하루아침에 바꿀 수는 없는 법. 그대들도 결국 국가라는 제국의 인정이 필요한 것 아니오?"

자신들이 단순한 해적이라는 게 아니라는 것.

속은 해적이라도 겉보기에 국가라는 타이틀을 갖고 있다면, 그것만으로도 할 수 있는 게 많아진다.

겉으로나마 범죄자 집단에서는 벗어나는 것이기에 교섭권을 가질 수 있게 되고, 지금처럼 각 상단들에게 몰래 접근해 통행세 혹은 보호비 등을 받는 게 아닌, 정식 계약이 가능해진다.

그것만으로도 아이사 군도는 한 단계 발전할 터.

하지만 해적왕은 그것만으로는 만족을 못 하겠는지 조심스레 물었다.

"제국의 인정만으로 가능하겠소?"

"음…… 정식 국가로 확실히 인정받고자 한다면 결국 근본부터 바꾸긴 해야 할 것이오."

현재 해적질로 벌어 먹고사는 것을 바꿔야 한다는 뜻이다.

그 변화의 첫걸음이 동대륙과 서대륙을 오가는 선단을 보호하는 것.

동시에 다른 섬 지역과의 교역을 통한 항로를 보호해 주는 것도 될 수 있다.

그다음은 어업이다.

해적들이라고 무조건 약탈만 해서 먹고살지는 않는다. 그들도 먹고살려면 결국 다른 것도 필요하기에 어업하고는 있었다. 약탈에 비해 비중이 크지 않다는 게 문제일 뿐.

결국 정상 국가가 되려면 이 어업량을 크게 늘려야 했다.

그리고 그다음 순서가 무역 기지다.

가장 돈을 벌어들일 방법은 결국 이것밖에 없다.

지리적으로 요충지이자 상선들이 쉬어 갈 휴양지가 되어 줄 필요가 있다.

거기다 각국의 상선들이 모여서 거래할 수 있는 곳이 되어야 했다.

거기에 물품을 가공할 산업 단지도 필요할 것이다.

문제는 현재의 해적들이 과연 이걸 할 수 있겠냐는 것이다.

그렇기에 카리엘은 현실적인 방안을 내놨다.

무기를 쥐여 주고 무력으로 정상 국가가 되는 것.

한동안은 약탈이 계속될 것이지만 겉으로나마 정식 국가 행세를 할 수 있게 돕는 것.

하지만 해적왕이 고민하는 것은 그게 아닌 것 같았다.

"진짜 국가가 될 수 있도록 도와줄 수 있습니까?"

해적왕의 물음에 카리엘은 잠시 고민했다.

어느새 존대하는 해적왕의 눈은 간절함을 담고 있었다.

해적들의 미래는 밝지 않다.

지금이야 그가 해적왕으로 군림하고 있다지만 조금만 삐끗하면 그의 가족들부터 부하들까지 전부 목숨을 잃을 것이다.

그리고 새롭게 권력을 잡은 해적 역시 다른 해적들에게 목숨을 잃을 것이다.

매번 그렇게 자중지란이 일어나 상당히 큰 섬이고 지리적

요충지임에도 국가가 되지 못한 것이다.

하지만 제국이 도와준다면 얘기는 달라진다.

"제국이 도와주는 데는 한계가 있소."

카리엘이 단호하게 말했다.

제국이 도와준다 한들 해적들 스스로 바뀌지 않는다면 의미가 없다.

게다가 카리엘 역시 여전히 고민이 많았다.

아무리 탈로스를 힘들게 해야 한다고는 하지만 해적들을 여기까지 도와주어도 되는 것일까?

제국에도 해적들에게 당한 자들이 많다.

남부에서 말썽 부리는 것으로는 만족하지 못하고 기어코 서부까지 기어 들어와 말썽을 부린 일이 한두 번이 아니었다.

그 과정에서 제국민들이 목숨을 잃은 게 부지기수였다.

"……"

해적왕은 카리엘의 대답에 침묵했다. 확실히 해적들에게 변하고자 하는 의지가 없다면 결국 약탈은 끊을 수 없을 테니 정상 국가화는 불가능하다.

"한 가지만 묻겠습니다."

해적왕의 말에 카리엘이 작게 고개를 끄덕였다.

"저하께선 아이사 군도가 '완전한' 정상 국가가 될 가능성이 있다고 보십니까?"

해적왕의 물음에 카리엘은 고개를 갸웃거렸다.

"······그건 해적왕이 더 잘 알 것 같소만?"

카리엘의 말에도 흔들림 없이 바라보는 해적왕.

"비록 해적이지만 나름 정보망은 갖추고 있어 알고 있습니다. 제국에서 저하가 어떤 평가를 받는지······ 그리고 서대륙의 혼란들을 어떻게 헤쳐 나갔는지. 그러니 다시 묻겠습니다. 아이사 군도가 '진짜' 정식 국가가 될 수 있겠습니까?"

해적왕의 물음에 카리엘은 작게 한숨을 쉬었다.

카리엘에게 역량과 식견이 있음을 알고 있느니, 단순히 해적들을 이용만 하려는 생각이 아니라면 구체적인 방안을 말해 달라는 뜻이었다.

"두 가지만 갖춰지면 가능할 것이오."

"두 가지?"

해적왕이 고개를 갸웃거리자 카리엘이 작게 고개를 끄덕였다.

"첫째, 정상 국가가 될 기반을 다지는 것. 둘째, 변하지 않을 것 같은 자들을 잘라 내는 것. 하지만 이 두 가지가 선행되지 않는 한 완전한 정상 국가는 어려울 것이오."

카리엘의 말에 해적왕이 입술을 깨물었다.

"제국의 도움이 있어도 '잘라 내야' 합니까?"

"그렇소."

두 번째 조건이 걸린다는 듯 말하는 해적왕.

하지만 이 부분에서만큼은 타협의 여지가 없었다.

해적으로 살고자 하는 자들이 아이사 군도에 남아 있는다면 정상 국가로 가는 상황에서 두고두고 발목을 잡을 것이다.

그렇기에 무조건 잘라 내고 가야 했다.

기반을 다지는 것만으로도 모든 것을 걸어야 하는 판국에 발목까지 잡힌다면 가능성은 없는 것이나 다름없다.

"……."

"어려울 것은 없소. 서부에 있는 그대들의 기지가 벨푸르스 잔당에 의해 위협받고 있다고 들었소."

"그곳으로 보내는 것이군요."

카리엘의 제안에도 해적왕은 쉬이 결정을 내리지 못했다.

자신의 형제 중에도 해적 생활을 즐기는 자들이 많았기 때문이다.

그런 해적왕에게 카리엘이 미소를 지으며 말했다.

"길게 고민할 필요 있소? 일단 내 제안대로 정상 국가라는 껍데기를 두르는 것부터 시작하시오."

침묵하던 해적왕이 고개를 들어 카리엘을 바라보았다.

그러자 카리엘이 빙그레 웃으면서 설명을 이어 나갔다.

"일단 정상 국가가 어떤 것인지 맛이나 보여 주시오. 선택은 그 뒤에 해도 늦지 않소."

아무리 해적들이라도 약탈하러 나가는 건 항상 긴장감을

동반하는 일이다.

상선들이 바보도 아니고, 위험지역을 홀로 항해하지는 않았다.

용병들을 고용하고, 각국에 도움을 받아 호위 선박들을 고용하기도 한다.

그러다 보니 전투가 벌어져서, 한번 약탈할 때마다 죽는 사람들이 필히 발생할 수밖에 없는 구조였다.

그렇기에 노예를 사거나 포로를 회유해 해적으로 만드는 것이다.

하지만 겉으로나마 정상 국가가 된다면?

이런 위험이 대부분 사라진다. 약탈하기 전에 정기적인 통행료와 보호비를 받으며 교섭할 수 있으니까.

'안전함을 맛본 자들이라면 정상 국가라는 꿈을 꿀 수밖에 없지. 거기에 무역이라는 달콤함만 추가한다면…….'

아이사 군도의 완전한 정상 국가화도 불가능은 아니었다.

"만약 정말로 원한다면 제국에서도 지원을 논의해 볼 수 있소."

카리엘의 말에 해적왕의 눈이 동그랗게 떠졌다.

"물론 공짜는 아니오."

"원하는 것이 있습니까?"

"타 국가에 비해 보호비와 통행료, 그리고 아이사 군도의 시설에 대한 사용료 절감 정도?"

"그것이면 됩니까?"

해적왕의 물음에 카리엘이 작게 고개를 끄덕였다.

그러자 해적왕의 입가에 미소를 그렸다.

이 정도라면 사실상 제국이 거의 공짜로 도와주는 것이나 마찬가지였다.

하지만 카리엘의 생각은 달랐다.

후에 정말로 아이사 군도가 국가가 된다면 이는 제국에 막대한 이득이 될 것이다.

"자! 미래를 위한 얘기는 이쯤하고 본격적인 거래를 해 볼까 하는데, 어떠시오?"

"좋습니다."

카리엘의 말에 해적왕은 빙그레 웃으면서 고개를 끄덕였다.

가장 먼저 결정된 것은 제국의 상선들에 대한 보호비 및 탈로스를 괴롭히는 대가로 10만 골드를 선지급하는 것이었다.

그리고 신식 대포를 판매하는 것.

그런데 제국이 아이사 군도에 파는 무기는 그뿐만이 아니었다.

제국에서는 마력에 밀려 사장되다시피 한 무기들도 있었다. 대표적인 예로 머스킷이 있는데, 현재 해적들은 약탈하다 죽으면 먼저 챙기라고 할 정도로 머스킷은 귀한 무기였지만, 제국에는 창고에 버려지다시피 했다.

더 좋은 무기 체계가 만들어졌기 때문이다.

그러니 구식 체계인 머스킷들을 적정 가격에 해적들에게 넘기고, 현금이 부족한 해적들을 배려해 아이사 군도에 있는 값비싼 물건들로 대금을 치르게 할 생각이다.

'대해적 시대가 만들어질 수도 있겠네.'

제국에 남아도는 재고를 해적들에게 처분하면 자금에 여유가 생길 터.

동시에 탈로스와 로테온을 압박하는 효과도 가져올 수 있으니 이것이야말로 일석이조였다.

"하나 더 원하는 것이 있습니다."

"무엇이오?"

카리엘이 고개를 갸웃거리면서 묻자 해적왕이 헛기침하면서 목을 가다듬고는 입을 열었다.

"기술자들을 보내 주었으면 합니다."

"……기술자?"

"아! 무기 기술자를 말하는 것이 아닙니다."

카리엘이 눈을 가늘게 뜨며 묻자 해적왕이 다급히 손을 내저었다.

"설마…… 기반을 다지려는 것이오?"

해적왕의 의도를 단번에 눈치챈 카리엘이 놀랍다는 듯 묻자 해적왕이 헛기침하면서 볼을 붉혔다.

"일단 시작은…… 해 볼 생각입니다."

진짜 '왕'이 되는 것.

　　그것은 해적들이라면 누구나 한 번쯤 꿈꿔 보는 것이었기에 해적왕은 이 기회를 놓칠 생각이 없었다.

　　하지만 카리엘의 생각은 부정적이었다.

　　"기술자들이 아이사 군도를 가는 것은…… 어렵지 않을까 싶소."

　　"으음……."

　　카리엘의 대답에 실망하는 해적왕이었지만 충분히 이해할 수 있었다.

　　그런 그에게 카리엘은 대안을 제시했다.

　　"영민한 자들을 추려 보시오."

　　"예?"

　　"이곳에서 가르쳐 줄 수는 있을 것이오."

　　카리엘의 말에 해적왕의 눈이 동그랗게 떠졌다.

　　"직접 가는 것보다야 시간은 걸릴 테지만……."

　　"충분합니다."

　　"좋소. 중앙에 얘기해 보겠소."

　　"감사합니다. 수업료는 확실히 치르겠습니다."

　　해적왕의 말에 카리엘은 빙그레 웃으며 고개를 끄덕였다.

　　정상 국가로의 '발돋움'이라는 희망이 생겼으니 해적들이 탈로스를 치는 데 본격적으로 움직일 것이다.

　　제국의 말을 잘 들어야 한다는 것을 깨달았을 테니 개처럼 뛸 것이 분명했다.

'위험하긴 하지만 가릴 처지가 아니긴 하지.'

카리엘이 그렇게 생각하면서 쓴웃음을 지었다.

해적을 이용한다는 것만으로 리스크를 안고 시작하는 것이었지만 위기를 넘으려면 어쩔 수 없었다.

모든 거래가 마무리되자 카리엘은 다음 일정을 위해 자리에서 일어나려 했다. 그때 해적왕이 그를 붙잡았다.

"이것을 가지고 가십시오."

"이건……."

해골 문양이 그려진 검은 패.

그 중앙에는 붉은 보석이 박혀 있었다.

"한 번쯤은 해적들의 도움을 받을 수 있을 겁니다."

"아……."

해적왕의 설명에 카리엘이 놀란 표정을 지었다.

해적들에게 큰 도움을 준 이만이 받는다는 검은 패. 그것을 카리엘에게 쥐어 준 것이다.

아이사 군도 역사상 이 패를 받은 이가 손에 꼽는 걸 생각해 보면 엄청난 보물을 받은 것이다.

"정당한 거래였을 뿐인데……."

"받는 이가 은혜라 여겼으면 그것은 은혜인 법. 황자 저하는 아이사 군도의 은인이오."

해적왕이 그렇게 말하면서 자리에서 일어나 고개를 숙였

다. 근방에 있던 해적들 역시 다 같이 고개를 숙이고는 조용히 좁은 방을 빠져나갔다.

그렇게 해적들이 전원 건물에서 빠져나가자 카리엘도 자리에서 일어나 천천히 건물 밖으로 나왔다.

"너무 위험한 것 아닙니까?"

"어쩔 수 없지. 주변 국가들이 저리 나오니 어느 정도 위험은 감수하는 수밖에."

타리온의 물음에 카리엘이 한숨을 쉬면서 답했다.

"이제 남은 건 성국을 어떻게 처리하느냐인데……. 이건 좀 고민해 봐야겠네."

감찰부에게 처리를 맡기긴 했는데 그것만으로는 부족할 것 같았다.

"일단 좀 쉬자. 후…… 유명한 도시까지 왔는데 일만 할 수는 없지."

"좋은 데 알아 났습니다."

"그래."

그렇게 말할 줄 알았다는 듯 곧바로 말하는 타리온을 보면서 만족스럽게 고개를 끄덕인 카리엘.

그는 옆에 서 있는 샤르도나를 돌아보며 고개를 살짝 숙였다.

"오늘 고생 많으셨소."

"……아닙니다."

아름다운 얼굴로 미소를 띠며 말하는 샤르도나.

보는 이가 잠시 멍해질 만큼 수려한 얼굴에 미소가 지어지니 천하의 카리엘도 정신이 혼미해지는 것을 느꼈다.

"크흠! 바로 돌아가실 생각이오?"

"그래야겠지요."

오랫동안 철벽을 비워 둘 수는 없는 법.

본래의 자리로 하루라도 빨리 복귀해야 했다.

어느새 주변에 모인 기사들과 시종들의 얼굴에 살짝 아쉬운 표정이 떠올랐으나 카리엘은 미소를 지으며 고개를 끄덕이고는 등을 돌렸다.

망설임 없이 등을 돌린 카리엘이 시야에서 사라지자 샤르도나는 방금 전의 일을 가만히 돌이켜 보았다.

해적왕을 구워삶은 언변, 그리고 판을 읽는 능력.

도대체 저 나이에 어떻게 저게 가능할까 싶은 능력이었다.

시종일관 여유로운 표정과 갑작스러운 해적왕의 제안에도 조금도 흔들리지 않는 모습은 항상 냉철한 샤르도나조차도 헛웃음이 절로 나올 정도였다.

말로만 들었을 때도 믿기지 않았으나, 곁에서 직접 거래 현장을 지켜본 샤르도나는 처음으로 사람 자체에게 흥미가 생겼다.

"1황자라……."

어렸을 적부터 괴물로 불렸던 그녀가 이제야 진짜 괴물을 마주한 기분이었다.

"언젠가 다시 뵙기를……."

귀한 구경을 시켜 준 카리엘에게 감사함을 느끼며 살짝 고개를 숙인 그녀는 본래의 의무를 다하기 위해 재빠르게 도시에서 벗어났다.

✳

그렇게 공왕이 보낸 중재자마저 도시를 벗어난 후, 카리엘 일행은 편안히 도시를 돌아다녔다.

큰일을 하나 처리했으니 느긋하게 휴식을 취해 보려 했으나, 언제나 그렇듯 일이 그렇게 쉽게 돌아가지는 않았다.

"저하."

"왜? 이번엔 또 뭐야?"

검은 봉투를 보자마자 질색하는 카리엘.

하지만 결국은 특급 보고서를 받아 들 수밖에 없었다.

"마지막 발악인가?"

보고서에 적혀 있는 것은 수도에서 혼란을 일으켰던 데릭이라는 자가 정식으로 '데리엘'이라는 이름으로 활동하면서 제국 각 지역에서 벌어지는 반란을 진압하고 있다는 것이다.

게다가 귀족들의 사생아와 신분을 숨겨야만 했던 자들을 규합하고 있다는 내용이었다.

여기까지는 충분히 이해할 수 있었다.

'황자일지도' 모르는 자가 나와서 주장하고 반란을 평화적으로 진압하면서 중앙에 핍박받던 이들의 요구를 대언하는 상황이라 함부로 잡아들일 수는 없었기 때문이다.

아무리 강력한 중앙 집중형 국가라도 명분은 중요했다.

그런 의미에서 벨푸르스를 뒷배로 두었더라도 여기까지는 용인할 수 있었다.

문제는 이다음이었다.

"이것들이 완전히 선을 넘었네."

카리엘이 싸늘한 표정을 지으며 보고서를 구겼다.

남부 왕국들이 '데리엘에게 직접' 자금을 지원하고 있었던 것이다.

겉으로 드러나지 않게끔 잘 숨겼다고 생각했겠지만, 제국의 정보부가 이것을 놓칠 리 없었다.

거기다 이게 끝이 아니었다.

성국 역시 이 명분 싸움에 한 발 걸쳤다.

- 성국은 평화로운 행보를 보는 '데리엘'에게 '성자'의 칭호를 부여해 그의 명예를 드높이고자 한다.

교황이 직접 데릭도 아닌 데리엘이라고 말하며 성자의 칭호를 부여해 이 싸움에 발을 들이민 것이다.

이건 제국에 대놓고 한 방 때린 격이었는데, 사실상 성국이 제국과 갈라서기로 했음을 드러낸 것이나 다름없었다.

사람들은 가십거리를 좋아하는 법이다.

사생아 출신의 황자가 성자의 칭호를 받고 반란을 진압한다? 이런 영웅적인 행보를 싫어하는 사람은 없다.

거기다 버려지다시피 했던 황자가 스스로 성장해서 이런 성과를 이룩한 것이다.

그러다 보니 제국민들 중에서도 '데리엘'에게 호감을 보이는 이가 늘어났다.

"가만 놔둬도 되겠습니까?"

"때가 되면 폐하께서 나서시겠지."

카리엘이 그렇게 말하면서 빙그레 웃었다.

본래라면 황제가 죽은 후에 쓸 패가 바로 '데리엘'이었다.

황제가 살아 있는 상황에선 쓰기 힘들었던 이유가 바로 데리엘이 진짜 사생아가 아니라는 점 때문이었으니까.

하지만 다급한 상황에서 결국 이 패를 일찍 드러낼 수밖에 없었고, 그렇기에 이 사안은 절대 오래가지 못한다.

"그래도 한 방 먹긴 했네."

흑마법사들의 이 혼란을 주도하면서 의도했던 것.

첫 번째로 주력들이 동대륙으로 넘어갈 시간을 버는 것이었다.

이 부분에서는 카리엘이 황궁 기사단을 움직여 주력에 심대한 타격을 입혀서 판정승을 거두었다.

가장 중요했던 부분에서 한 방 먹였으니 카리엘이 승리를 한 셈이나 다름없었다.

두 번째로 서대륙의 혼란을 야기하는 것.

이 부분에서 벨푸르스를 중심으로 생각보다 질질 끌게끔 만들어 가고 있었으나 제국에 큰 타격을 주진 못했다.

만약 지금 상황이 쭉 이어졌다면 해적들을 움직여 남부를 혼란스럽게 만들었을 카리엘이 승리했을 것이다.

하지만 데리엘의 영웅화에 적국이 되다시피 한 남부 연합과 성국이 힘을 보태면서 장기화되었다.

결국 카리엘이 예상했던 것과 달리 혼란의 씨앗을 완전히 제거하는 데 더 많은 노력이 필요해졌다.

전체적으로 보자면 카리엘이 승리한 것이지만 두 번째에서 판정패를 당하긴 했으니 기분이 좋지 않았다.

'미래를 알고 대응했음에도 판정패라…….'

심기가 불편해지만 카리엘이 미간을 찌푸렸다.

압도적으로 유리한 무기를 가지고도 판정패를 당했다는 것에 자존심이 상한 카리엘은 표정을 구겼다.

"……저하?"

"조용히 쉬려고 했더니 자꾸 귀찮게 하네."

카리엘의 중얼거림에 분위기가 심상치 않음을 느낀 타리온은 곧바로 입을 다물었다.

"후! 그냥 복귀해 버릴까?"

카리엘의 물음에 타리온은 자신도 모르게 고개를 끄덕일 뻔했다.

사실 이 사태를 순식간에 해결할 수 있는 방법은 카리엘이 중앙에 복귀하는 것이었다.

중앙에 복귀하는 순간 모든 관심은 카리엘에게 쏟아질 것이고, 그의 주도하에 제국이 움직인다면 이런 장난질쯤은 순식간에 끝날 것이다.

문제는 그다음이다.

'잘못했다간 황제가 될 수도 있지.'

카리엘도 보는 눈이 있고 듣는 귀가 있다.

그렇기에 제국에서 지금 자신을 지지하는 세력이 얼마나 되는지, 그리고 제국민들이 자신을 얼마나 지지하는지 정도는 알고 있었다.

이런 상황에 변경백들이 공식적으로 지지 선언을 한다면?

두 공작가가 뒤늦게 힘을 합해 본들 의미가 없어진다.

'조금 귀찮다고 황제가 될 순 없지.'

속으로 중얼거린 카리엘이 긴 숨을 토해 내면서 심신을 안정시켰다.

자꾸만 자신의 휴식을 방해하는 이들 때문에 순간적으로 미친 짓을 벌일 뻔했으나 빠르게 정신을 차린 덕분에 다행히 천추의 한이 될 우를 범하지 않을 수 있었다.

"중앙의 일에는 신경 꺼."

"하오나……."

카리엘이 구긴 보고서 맨 마지막에 적힌 문장을 본 타리온은 한숨을 쉴 수밖에 없었다.

-며칠이라도 복귀할 생각은 없으십니까? 그냥 수도에 관광이라도 와 주십시오!

정보부장의 간절함이 담긴 말에 그와 안면이 있는 타리온은 한 번 더 청해 볼 생각을 했으나 카리엘의 의지가 너무나도 단호했다.

잠시 복귀한다는 게 한 달이 되고 일 년이 되는 법이다.

그러다 잘못해서 다시 황태자가 되어 버린다면 그때는 정말 답이 없었다.

황제라는 호랑이의 등에 타서 다시는 내릴 수 없는 처지가 되는 것이다.

"귀찮더라도 돌아가야지."

"……예."

카리엘의 단호한 음성에 결국 말 한마디 꺼내 보지 못하고 고개를 숙이는 타리온.

그런 그를 시종들과 황궁 기사들이 어깨를 토닥이며 위로했다.

잠시 실수할 뻔했으나 제정신을 차린 카리엘은 보름 정도 도시 구경을 할 계획을 철회하고 휴양지로 복귀했다.

"현재 아이사르만에 지어지고 있는 도시가 어디지?"

"세일럼입니다."

공국에서 방치하다시피 한 작은 마을.

워낙 탈로스와 분쟁을 많이 벌여 쓸 만한 입지 조건을 갖고 있음에도 발전시킬 생각조차 못 했던 그곳을 제국이 점령하면서 대규모 투자가 이뤄지고 있었다.

"그곳으로 간다."

"……괜찮으시겠습니까?"

카리엘이 세일럼으로 가게 된다면 필연적으로 일할 수밖에 없는 구조였다.

이제 막 발전하는 도시였고, 제국에서 막대한 투자가 이뤄지는 만큼 중요 도시로 성장할 것이기에 신경 써야 할 것이 한두 개가 아니었다.

거기다 분쟁 지역에 파견된 제국군의 사령부가 들어설 곳이기도 했다.

그러니 카리엘이 가는 순간 일복이 터질 것이다.

그렇기에 여태껏 휴양지의 별장에 머물면서 보고서를 받아 왔던 것이다.

"중앙으로 가는 것보단 낫지."

대신들이 굳이 카리엘에게 보고서를 보내오면서 사정사정

하는 데에는 다 이유가 있었다.

카리엘의 중앙 복귀 각을 위해 명분을 쌓는 것이다.

이렇게 몇 번 더 해서 명분을 쌓고, 제국의 위기라며 황제를 통해 카리엘의 복귀를 명할 것이다.

그렇기에 이것을 사전에 차단하기 위해서라도 카리엘은 귀찮음을 감수하고 일을 해야 했다.

"이제부터 탈로스를 적으로 규정하고 움직인다."

"……괜찮겠습니까?"

"저들은 완전히 선을 넘었어."

카리엘이 그렇게 말하면서 싸늘한 표정을 지었다.

"데리엘을 직접적으로 지원한 시점에서 내정간섭을 한 거야. 그렇다면 우리도 똑같이 해 줘야지."

역지사지.

지들도 당해 봐야 제국이 겪는 게 얼마나 좆같은지 알 수 있을 것이다.

"남부 변경백에게 연락해서 남부 쪽 상단주들과의 연락망을 개설해."

"예."

타리온이 고개를 숙이자 카리엘은 그림자들에게도 명했다.

"지금부터 바빠질 거야. 이 일이 끝나기 전에 너희들의 휴가는 없는 셈이야."

카리엘의 말에 그림자들과 황궁 기사들이 굳은 표정으로 고개를 숙였다.

활활 불타는 듯한 카리엘의 눈동자에 혹시라도 자신들에게 화가 돌아올까 눈도 마주치지 않는 그들.

그런 그들의 모습에 자신과 같은 분노를 느낀다고 생각한 카리엘은 입을 열었다.

"우리들의 휴식을 방해한 죄가 얼마나 큰 것인지 보여 주자고."

"예!"

카리엘의 말에 우렁차게 답하는 이들.

그런 그들을 만족스럽게 바라본 카리엘은 별장을 정리했다. 그리고 본격적으로 움직이기 전에 모든 정리를 끝내고 가만히 별장을 둘러보았다.

언젠가 다시 돌아올 소중한 보금자리.

반드시 이곳에 돌아와 욜로 라이프를 즐길 것이라 다짐하면서 그는 눈물을 머금고 제국의 신도시 세일럼으로 움직였다.

❊

그렇게 카리엘이 별장을 떠나자 얼마 뒤, 카리엘에 대한 소식이 공국을 거쳐 제국에까지 퍼져 나가기 시작했다.

-두문불출한 1황자?

-별장이 비었다!

매일같이 모습을 보였던 카리엘이 휴양지에서 자취를 감췄다.

그것만으로 공국의 신문에 대서특필될 정도였다.

엄청난 혼란 속에서도 혼자 느긋하게 휴양지에서 쉬고 있던 1황자.

그런 그가 모습을 드러내지 않자 모두가 의문을 품었다.

하지만 그 의문은 곧 풀렸다.

-세일럼에 모습을 드러낸 1황자.

-드디어 1황자가 칩거를 깨고 움직이기 시작했다!

공국의 신문에 큼지막하게 실린 1황자에 대한 내용.

이미 제국에서는 수도 전체가 이 소식으로 들썩거리고 있었다.

"마침내 움직였나?"

잠자던 사자가 마침내 움직였다.

이것만으로도 대륙은 들썩이기 시작했다.

잠에서 깨는 것이 귀찮아 뒤에서 해적을 움직여 견제만 하던 이가 기어코 직접 움직이게 된 것이다.

비록 분쟁 지역에 한한다지만 그것만으로도 어떤 결과가 나올지 사뭇 궁금해지지 않을 수 없었다.

"이번엔 또 어떤 것을 보여 줄 생각이신가?"

자신의 사위가 될지도 모르는 젊은 청년이 보여 줄 모습에 공왕은 빙그레 미소를 지으며 기대를 품었다.

그런데 기대감을 품은 것은 제국의 행정부 역시 마찬가지였다.

"마침내 저하께서 움직이셨군."

"후…… 이것으로 데리엘에 관한 건 어느 정도 견제되겠군."

내무대신의 말에 치안대장이 지겹다는 듯 고개를 저었다.

"언제까지 저하께 기댈 수는 없는 법인데……."

"어쩌겠나. 안정될 때까진 저하의 휴식을 방해하는 수밖에……."

외무대신의 말에 내무대신이 하는 수 없다는 듯 말했다.

"폐하께서 일찍 나서 주셨다면 편했을 것을……."

그렇게 말하며 그는 혀를 찼다.

이제야 움직일 준비를 하는 황제.

만약 좀 더 일찍 데리엘 문제를 매듭지었다면 여기까지 오지 않을 것이다.

그것이 못내 아쉬운 내무대신이었다.

그러자 외무대신이 고개를 갸웃거리면서 말했다.

황태자 은퇴하고 싶습니다

"어쩌면 폐하께선…… 일부러 여기까지 끌고 오신 게 아닐까 싶네만……."

외무대신들의 말에 각 부처의 대신들의 시선이 그에게 집중됐다.

"매번 큰일이 벌어질 때마다 저하를 찾지 않았나."

"그렇지."

"혹시 이것이 다시금 1황자 저하를 황태자로 복직시키려는 큰 그림이……."

"에헤이! 그랬다가 무슨 사달을 내려고?"

외무대신의 말에 내무대신이 큰일 날 소리는 하지 말라며 손을 내저었다.

하지만 다들 곰곰이 생각해 보니 정말로 그럴듯했다.

벌써 1황자의 이름을 팔아먹은 게 몇 번이던가?

대신들이 칭얼거릴 때마다 황제는 은근히 카리엘을 팔아먹으라고 제안하곤 했다.

그리고 지금에 이르러선 귀족들조차 그것을 당연하게 생각하고 있었다.

만약 이것이 더 반복된다면?

귀족 파에서도 차라리 그냥 카리엘이 황제가 되면 어떻겠냐는 여론이 조성되지 않을까?

작은 항구에서 시작되는 심상치 않은 바람

이그니트 제국 역사상 동부 항구가 있었던 기간은 극히 적었다.

그런데 드디어 동부 항구가 다시 부활한 것이다.

서대륙에서 가장 교역량이 많은 곳이 동대륙이다.

남부의 신대륙, 서부의 미지의 땅에서도 교역이 일어나고 있지만 아직은 극히 일부에 불과했고, 동대륙에 비하면 10분의 1 수준도 되지 않았다.

그렇기에 제국은 동부에 위치한 항구를 간절히 바랐다.

그 간절한 바람이 마침내 이루어진 것이다.

"활발하네."

세일럼에 도착한 카리엘이 처음 본 풍경은 엄청나게 몰려온 제국민과 이곳에 있던 토착민들이 대규모 공사에 투입되어 있는 모습이었다.

여기저기서 건물이 올라가고 작은 배만 겨우 드나들 수 있었던 항구가 확장되어 가는 모습은 보는 이에게 이곳이 어떤 곳으로 발전하게 될지 기대감을 갖게 하였다.

문제는 그 기대감을 충족시킬 자가 바로 카리엘이라는 점이었다.

"……미치겠군."

카리엘이 자신의 머리를 헝클어뜨리면서 얼굴을 구겼다.

중앙에서는 작정하고 이 항구를 키우기로 마음먹었는지 곳곳에서 반란이 일어나고 혼란스러운 와중에도 막대한 예산을 투입하고 있었다.

"저하를 뵙습니다."

임시로 항구를 총괄하던 관료가 황급히 튀어나와 허리를 숙였다.

공식적으로 분쟁 지역을 총괄하는 역할이었으나 어느 누구도 방금 튀어나온 관료가 총책임자라고 생각지 않았다.

모두 비공식적인 총괄자가 카리엘이라는 것을 알고 있었기에 마침내 비공식적인 분쟁 지역 총사령관 자리는 공식적으로 카리엘에게 넘어가게 되었다.

"중앙에서 내려온 임명장입니다."

"으음……."

자신을 보자마자 허리를 숙이며 공손히 임명장을 바치는 고위 관료를 보며 카리엘은 침음성을 삼켰다.

여태껏 미뤄 왔던 임명장.

본래 그에게 내려졌던 이 임명장을 휴양지에 처박히며 의도적으로 외면했던 것이었다.

그렇기에 고위 관료가 '임시'로 이 임명장을 가지고 있었던 것뿐이다.

그것이 본래 받아야 할 자에게 되돌아가는 것이다.

"후……."

카리엘이 긴 숨을 토해 내면서 긴장한 표정으로 임명장을 바라보았다.

이것을 받는 순간 그는 돌이킬 수 없게 된다.

하지만 한번 마음먹은 이상 망설이는 건 바보 같은 짓일 뿐.

굳은 표정으로 임명장을 받아 든 카리엘이 입을 열었다.

"카리엘 프레드리히 폰 블레이저! 폐하의 명을 받듭니다."

한쪽 무릎을 꿇고 황제의 임명장을 받아 든 카리엘은 곧바로 일어나 명령을 내렸다.

"모든 관료들에게 3시간 이내로 집결하라고 해."

"예!"

직무를 맡지 않았다면 모를까, 이왕 맡았다면 확실하게 하는 것이 카리엘의 성정이었다.

"타리온."

"예, 저하."

"탈로스에 대한 압박은 멈추고 병력을 물려. 부사령관도 불러들이고."

"예!"

타리온에게 명령을 내린 카리엘은 곧바로 관저로 향했다.

그곳에서 옷을 갈아입고 행정부로 이동해서 모든 관료들이 오기를 기다렸다.

마침내 도시 내에 흩어져 있던 고위 관료들이 전부 모이자 카리엘이 입을 열었다.

"오늘부터 이곳을 책임지게 된 카리엘이라고 한다. 가장 먼저 그대들이 할 걱정을 덜어 주자면, 난 그대들이 하는 일에 크게 터치할 생각이 없다."

카리엘의 말에 몇몇 관료들이 웅성거리기 시작했다.

수도에서의 악명을 익히 알기에 쉬이 믿기 어려웠기 때문이다.

"그대들이 어떤 방식을 사용하든 성과만 낸다면 크게 관여하지 않을 생각이다. 물론 범죄는 제외해야겠지?"

카리엘이 싸늘한 표정으로 둘러보면서 말하자 몇몇 관료들이 움찔거렸다.

노동자들을 더 굴려 볼 생각을 했다가 찔린 것이다.

"두 번째로 부족한 비용이 있으면 뭐든 말해. 합리적인 선이라면 중앙과 싸워서라도 자금을 대 주겠다."

카리엘의 말에 다들 흥분한 표정을 지었다.

자금과 물자, 노동력이 부족해 미뤄지고 있는 것들이 상당히 많았기 때문이다.

"세 번째로 성과급을 지금의 2배로 늘려 주지. 또한 성과를 보이면 휴가도 보장하마."

카리엘의 말에 관료들의 표정이 흥분으로 물들었다.

"돈을 더 받고 싶나? 그럼 더 열심히 굴러라. 휴가를 가고 싶나? 그럼 성과를 내라."

"정말 휴가를 주시는 겁니까?"

초췌한 표정의 한 관료가 믿을 수 없다는 표정을 지으며 카리엘에게 물었다.

그런 그의 얼굴이 마음에 든다는 듯 카리엘이 상냥한 어조로 말했다.

"물론! 휴가를 받는 상위 50%까지는 유급휴가. 상위 10%는 휴가비도 별도 지급. 마지막으로 가장 높은 성과를 보이는 자에게는 내 별장에서 특별 서비스를 받을 기회를 주지."

카리엘의 말에 고위 관료들이 함성을 질러 대기 시작했다.

"아! 물론 이건 고위 관료들만의 이야기는 아니다. 이곳에 있는 모든 관료들에게 해당되는 이야기이며 군부 역시 포함된다."

그러자 자신들끼리만 경쟁할 줄 알았던 이들이 당황하기

시작했다.

순식간에 경쟁이 빡세진 것이다.

바로 그때 한 젊은 관료가 손을 들어 말했다.

"관료들만 보상을 받는 겁니까?"

"아니. 당연히 노동자들도 보상을 받아야겠지."

불만으로 가득했던 젊은 관료의 말에 카리엘이 빙그레 웃으면서 말했다.

신진 귀족 혹은 사회에 불만이 있는 젊은 지식층이 카리엘의 말에 웅성거리기 시작했다.

여태껏 귀족들이나 관료들 중에 노동자를 특별히 신경 쓰는 자는 없었기 때문이다.

카리엘이 부패 척결에 앞장섰다고는 해도 노동자에게 특별한 혜택을 주거나 배려하는 모습은 거의 보이지 않았다.

그렇기에 모두들 큰 기대를 하지 않았던 것이다.

'혁명가 기질이 있는 놈들이네.'

카리엘은 젊은 지식인들을 보면서 피식 웃었다.

제국 입장에서 보면 굉장히 위험한 놈들이었다.

하지만 그만큼 똑똑하다는 것을 뜻하기도 했다.

전생에 인재가 모자랐던 카리엘은 제국에 반발하는 지식인들까지 포섭해서 굴렸었다.

그만큼 쓸 만한 사람이 없었기 때문이다.

"노동자들은 내가 따로 추려서 보상할 생각이다."

"……따로 말입니까?"

"그래. 관료들이랑 같이 경쟁하면 노동자들이 불리하지. 그러니 따로 보상안을 마련할 것이다."

카리엘의 말에 젊은 지식인들의 눈에 불신감이 깃들었다.

카리엘 역시 다른 관료들처럼 겉으로 보기만 그럴듯한 보상안을 내놓을 것이라 생각한 것이다.

그러나.

"5천 골드. 노동자들에게 성과급으로 줄 총금액이다."

"헉!"

구체적인 금액을 밝히자 불신으로 물들던 젊은 지식인들의 눈이 커다랗게 떠졌다.

"이 금액이 다른 데 도용될까 불안한가? 그럼 너희들이 직접 확인해라."

"그…… 그래도 되겠습니까?"

"그래."

카리엘의 말에 젊은 지식인들의 눈동자가 떨리기 시작했다.

"불만만 갖지 말고 너희들이 직접 나서서 문제를 해결해. 기회는 주겠다."

그렇게 말한 카리엘은 구체적인 목표를 설정해 주었다.

"노동자들의 성과급을 정확히 나눌 수 있도록 너희들이 직접 계획안을 마련해라. 또한 무리한 일을 시키지 않도록 적

당한 일을 분배해야겠지? 마지막으로 도시에서 일어나는 문제들 역시 조사해라, 우선순위를 두고 하나씩 처리해 나갈 수 있도록."

카리엘의 말에 젊은 지식인들이 황급히 펜과 종이를 들고 적어 나갔다.

그 모습을 본 한 고위 관료가 당황한 표정으로 말했다.

"저하! 정식 관료 시험을 치르지도 않은 자들에게……!"

"용병으로 고용하는 거다. 불만 있나?"

용병이라고 못 박으며 고위 관료의 입을 다물려 버린 카리엘은 젊은 지식인들에게 말했다.

"정식 관료가 아닌 것이 불만이라면 시험에 통과해. 그럼 그 자리 그대로 정식 고용해 줄 테니까."

그렇게 말한 카리엘이 눈을 돌려 저 멀리서 보고 있을 노동자들에게 말했다.

"다들 들었겠지? 이 사실을 널리 퍼뜨려라. 적어도 내가 이 자리에 있는 한 차별받지 않는 환경을 제공해 주마."

그리고 몸을 돌려 자리를 떠났다.

❈

그렇게 충격적인 말을 연이어 내뱉은 카리엘이 사라지자 멀리서 듣고 있던 사람들은 황급히 이 사실을 퍼뜨리기 시작했다.

그 모습을 집무실에 있는 창문으로 지켜보던 카리엘은 빙그레 미소를 지었다.

성과급, 그리고 휴가.

직장인들이 가장 원하는 두 가지를 모두 제시했고, 관료들과 노동자들이 흥분하기 시작했다.

이제 저들은 알아서 밤낮없이 일할 것이다.

돈에 미친 자들은 성과급에 눈이 돌아갈 것이고 휴가를 원하는 자들 역시 쉬기 위해 더 열심히 일할 것이다.

1황자가 머물렀던 별장에서 특급 서비스를 받을 수 있는 기회.

그게 아니더라도 별도의 휴가비나 하다못해 유급휴가라도 받기 위해 알아서 구를 것이다.

"……지금 표정은 살짝 사악해 보이십니다."

"사악하다니. 열심히 일할 노동자들을 보면서 감탄하는 얼굴이잖아."

음흉한 미소를 짓고 있는 카리엘의 모습에 타리온은 몸을 부르르 떨었다.

자신도 수도에서 열심히 굴렀기 때문이다.

'황궁에 계실 때보다 더한 것 같은데.'

그때도 이 정도는 아니었다. 고작해야 강제로 굴리고 성과급을 던져 주는 수준이었는데, 이제는 자발적인 노예들을 양산하고 있었다.

타리온이 카리엘이 굴리는 모습에 두려워할 때, 정작 카리엘은 더 수준 높은 노예를 찾고 있었다.

'그 녀석은 지금 어디 있으려나?'

전생에 황제로 즉위해 있던 시절 온갖 시위에 등장했던 젊은 지식인이 생각났다.

결국 잘 구슬려서 열심히 써먹었었다.

아마 그가 죽은 이후 미리엘의 시대에 재상이 되어 열심히 굴렀을 것이다.

"혁명을 원하나? 그런데 어쩌지? 네 힘은 하찮은데."

"……."

"세상을 바꾸고 싶나? 그럼 밖에서 이러지 말고 안에 들어와서 직접 바꿔 봐라."

"제국은 썩었습니다."

"그 썩은 곳을 직접 바꾸라는 말이다. 자신 없나?"

"……."

"말로만 혁명을 외치는 겁쟁이였나? 아니면 막상 해 보려니까 엄두가 안 나는 것이냐?"

살살 긁어 대면서 자극하자 곧바로 낚여서 관료 체계에 들어온 천재.

그를 따르는 추종자들까지 한꺼번에 영입했던 시절이 떠올랐다.

혁명가들은 대개 자존심이 강한 사람들이다.

살살 긁어 주면 알아서 기어 들어와 개처럼 일했다.

한 사람만 영입하지 않고 대거 영입해서 뭐라도 시도해 볼 수 있는 발판만 만들어 주면 하나같이 눈에 불을 켜고 일했다.

그렇기에 개판이었던 제국이 겨우 재건될 수 있었던 것이다.

"타리온."

"예."

"아무래도 이곳에는 인재가 부족한 것 같지?"

"음…… 그런 것 같긴 합니다."

지금이야 어찌어찌 돌아간다고 하더라도 나중에 더 많은 사람이 몰리고 더 커질 도시의 규모를 생각하면 턱없이 부족했다.

"제국에 소문을 내 봐."

"소문…… 말입니까?"

"그래, 제국의 현 체제에 불만이 있는 자들을 1황자가 고용했다고. 한번 바꿔 보라고 기회를 줬다는 식으로 은근슬쩍 흘려 봐."

카리엘의 말에 타리온이 미간을 찌푸리며 말했다.

"위험한 놈들 아닙니까? 굳이 그런 놈들을…….""

"쓸 만한 놈들은 중앙에서 죄다 데려갔잖아. 그러니 이런 애들이라도 써야지."

현재 정신없을 정도로 여기저기 문제가 터지는 제국이기에 평소라면 거들떠도 안 봤던 이들까지 박박 긁어서 일을 시키는 중이었다.

그러니 사상이 불순한 놈이나 또라이로 불리는 놈들만 남은 것이다.

다급한 제국에서도 도저히 데려갈 엄두가 안 나는 놈들.

카리엘은 바로 그런 놈들을 불러 모을 생각이었다.

명색이 1황자이기에 지금은 중앙에서 얼마든지 당겨 올 수 있었다.

문제는 사람이다.

그것도 제대로 배운 인재들.

당장이라도 지식인들을 영입하고 싶었지만, 그렇다고 아무나 뽑았다간 어중이떠중이까지 죄다 몰려들지도 모르는 일.

카리엘이 원하는 것은 능력 있는 자들이지 쓰레기들이 아니었기에 작업은 신중해야 했다.

어차피 지금 당장 지원자들이 몰려들어도 일할 곳이 마땅치 않기에 시간과 노력을 들였다.

그렇다면 카리엘은 그동안 무얼 했느냐?

"상단주들은?"

"모여 있습니다."

"가자."

집무실에서 벗어나 대형 회의장에 들어서자 옆에 있던 타리온이 보고서를 건네주었다.

"반갑다. 1황자 카리엘이다."

반갑게 인사하는 카리엘. 하지만 그곳에 앉아 있는 상단주들의 얼굴에는 긴장의 빛이 역력했다.

수도에서 부패를 척결한다고 한차례 날뛰었을 때, 그 여파가 남부에도 크게 들이닥쳤기 때문이다.

그래서인지 남부에 사는 귀족들과 상인들에게 카리엘은 사신이나 다름없었다.

"남부에선 나를 사신이라 부른다지?"

카리엘이 싸늘한 미소를 지으면서 묻자 다들 흠칫 떨었다.

"그대들에게 죄를 묻고자 부른 건 아니니 떨 거 없어."

겁먹지 말라는 듯 말했지만, 상인들의 고개는 더욱더 바닥으로 떨궈졌다.

그 모습을 보고 피식 웃은 카리엘이 입을 열었다.

"그동안 감시가 심해지고, 제한도 많아져서 답답했을 거야?"

카리엘의 말에 고개를 숙인 상인들이지만 속으로는 연신 고개를 끄덕이고 있었다.

이곳에 모인 상인들은 자잘한 죄를 범했을지언정 숙청당

하거나 상단이 박살 날 정도로 큰 죄를 지은 자들은 없었다.

하지만 남부 왕국들과 해 왔던 관행들에서 자유로울 수는 없었기에 사릴 수밖에 없었다.

그러다 보니 라이벌로 여겨지는 서부 상인들한테서 점점 주도권을 빼앗기고 있는 실정이었다.

그래서 카리엘에게 서운한 마음을 품고 있었다.

"사실 남부 상단들이 그리된 건 남부 왕국들 때문이지. 아니 그러한가?"

"……예."

"그렇사옵니다."

몇몇 억울한 상단주들이 작게 대답하자 다른 이들도 고개를 끄덕였다.

"서부 상단들한테 밀린 것도 기분 나쁘지?"

카리엘의 말에 몇몇 상단주들이 주먹을 꽉 쥐었다.

제국 최고의 상단은 중앙에 있을지언정 최고의 상인 연합은 남부에 있다는 자부심.

그것이 박살 나 버린 것이다.

"죗값을 받았으니 슬슬 고개를 들 때도 되었지."

"그 말씀은……?"

"기회를 주지."

카리엘이 그렇게 말하면서 벽에 말려 있는 종이를 풀었다.

제국에 새로 생긴 동부 항구의 발전 계획들이 적힌 것을 본 상단주들은 눈을 동그랗게 떴다.

"난 이곳에 남부와 서부에 버금가는 상인 연합을 만들 생각이야. 하지만 기반이 없으니 누군가의 도움을 받을 수밖에 없지."

말이 끝나자 여기저기서 침을 꿀꺽 삼키는 것이 보였다.

"이게 기회라는 건 다들 잘 알 거야. 상인 입장에선 상당히 먹음직스러운 것이겠지. 하지만 그냥 줄 수는 없다는 것도 잘 알 터."

"저하께서 명하신 것이 조건입니까?"

한 상단주의 말에 카리엘이 작게 고개를 끄덕였다.

"그래. 딱 5개 상단만 우선적으로 뽑을 거야. 5개 상단만이 이 프로젝트에 우선적으로 입찰할 수 있는 권리를 얻게 되겠지."

빙그레 웃은 카리엘은 상단주들을 하나하나 바라보았다.

"난 무조건적으로 희생을 강요하지 않는다. 다들 알다시피 난 남부 왕국들을 견제하기 위해 그대들을 불렀다. 그 과정에서 그대들의 희생은 필연적으로 발생할 수밖에 없다는 걸 안다. 그렇기에 이 보상안을 제시하는 것이지."

그 말에 다들 희열이 가득 담긴 눈으로 카리엘을 바라보았다.

하지만 아직 부족했다.

카리엘은 이들이 아주 미쳐 버릴 수 있도록 더 큼지막한 것을 알려 줄 생각이었다.

"그리고 하나 더 선물을 주지. 내가 너희들에게 줄 선물은 정보다."

"정보…… 말입니까?"

"그래. 다들 내가 휴양지에서 놀고만 있었다고 생각한 건 아니겠지?"

카리엘의 물음에 상단주들이 속으로 '놀고 계신 것 아니었습니까?'란 생각을 품었다.

하지만 내색하지 않고 기대감에 찬 표정으로 카리엘을 바라보았다.

"해적들과 거래를 했다."

카리엘의 한마디에 상단주들의 눈동자가 흔들리기 시작했다.

이 한마디에 머리 좋은 상단주들은 상황이 어떻게 돌아가는지 단번에 파악했다.

'양방향으로 칠 생각이야.'

'일단 우리로 하여금 남부 왕국들의 시선을 잡아 둘 생각인가?'

그러나 몇몇 경험이 많은 상단주들은 좀 더 깊게 생각했다.

'정확히 어떤 거래를 한 거지? 어디까지 생각하시는 걸까?'

'해적들을 이용한다면 혹시 동쪽 무역로 자체를 장악하시

려는 걸까?'

상단주들이 충분히 생각할 수 있도록 입을 다물고 기다리던 카리엘은 가볍게 책상을 손으로 두드렸다.

그제야 상념에 빠져나온 상단주들이 카리엘에게 집중했다.

"해적들과 정식으로 거래할 생각이다. 일단 확정된 건 그들에게 무역로의 보호를 맡기는 거야."

"아······."

"혹 그다음 계획도 있으신 것입니까?"

한 상단주의 물음에 카리엘은 빙그레 웃을 뿐 답하진 않았다.

마치 너희들에게 제공할 수 있는 정보는 이것뿐이라는 듯 단호함이 담긴 눈빛에 상단주들은 다시금 고개를 숙였다.

하지만 방금 공개된 정보만으로도 상단주들이 더 적극적으로 변하기에는 충분했다.

"다들 알다시피 너희들에게 주어진 임무는 단순히 이 항구를 차지하기 위한 거래가 아니다. 너희들의 미래를 위해서도 해야 될 일일 뿐. 그러니 최선을 다해라."

"예!"

어째서 움직여야 되는지 확실하게 알려 준 카리엘은 굳이 더 말하지 않았다.

남은 건 실무자들이 해야 할 일뿐이다.

"아 참! 오늘부로 그대들에게 그림자들이 한 명씩 찾아갈 거다."

카리엘의 말에 흠칫 놀라는 상단주들.

"겁먹을 거 없다. 방금 말한 정보는 기밀 사항이기에 때가 될 때까지만 그림자들이 함께할 뿐. 오히려 좋을 것이다. 남부에서 찾아오는 손님들도 그림자들이 알아서 처리해 줄 것이니."

그렇게 말을 끝맺은 카리엘이 자리를 뜨자 다들 멈췄던 숨을 길게 토해 내며 웅성거리기 시작했다.

모두 카리엘이 자신들에게 어떤 기회를 준 것인지 잘 알았기 때문이다.

들뜬 표정으로 나가는 상단주들을 보며 타리온은 한숨을 쉬었다.

카리엘의 덫에 걸려든 저들의 미래가 보였던 탓이다.

"좋아. 상단 쪽은 해결했고…… 남은 건 군부인가?"

그렇게 중얼거린 카리엘은 이번엔 군부를 만났다.

잘 차려입은 근육질의 남성이 카리엘의 옆에 두 손을 모으고 서 있었다.

그런 그에게 카리엘이 진중한 음성으로 물었다.

"소국 연합군은?"

"탈로스 내부로 더 깊숙이 숨어들었습니다. 더 압박하는 건 어렵지 않을까 싶습니다. 남부군까지 합세하면 얼추 가능하겠지만⋯⋯."

"피해가 크겠지?"

"⋯⋯예."

군단장의 대답에 카리엘이 잠깐 고민했다. 한창 도시가 발전할 시기에 쓸데없이 탈로스와 기 싸움하는 데 시간을 뺏길 수는 없었다.

결정을 내린 카리엘이 무거운 음성으로 말했다.

"후⋯⋯ 우리는 여기까지 하지."

"그 말씀은⋯⋯."

"군대를 물려서 이곳을 기점으로 방어선을 짜도록."

"소국 연합은 내버려 두는 것입니까?"

군단장 신분으로 돌아온 장군이 카리엘을 바라보며 물었다.

"아니. 천천히 압박해야지. 하지만 주는 우리가 될 필요가 없지."

"남부군의 부담이 커질 겁니다."

지금 남부군은 남부 왕국들을 견제하며 동시에 내부의 반란 진압까지 동원되고 있었다.

동시에 소국 연합까지 견제하긴 어려워 카리엘에게 도움을 청한 것인데 이렇게 빼 버리면 남부군의 피로도가 가중될 것이다.

"걱정 마. 곧 남부군도 여유로워질 테니까."

카리엘이 빙그레 웃으면서 말하자 군단장은 고개를 갸웃 거렸다.

그의 의문을 풀어 주기 위해 카리엘은 그동안 있었던 일이 간략하게 적힌 보고서를 내밀었다.

그것을 읽은 군단장이 놀란 표정으로 카리엘을 바라보았다.

"이젠 급할 게 없어. 천천히 가자고."

그렇게 말한 카리엘은 여유로운 미소를 지었다.

상인들이 1차적으로 남부 왕국에 한 방 먹일 것이다. 그리고 정신없는 사이 해적들이 한 방 더 때릴 예정.

그러니 무리하게 칠 필요가 없었다.

한 방 크게 때리는 것보다 오히려 야금야금 탈로스 쪽 분쟁 지역을 건드리면서 신경을 거슬리는 게 하는 편이 더 나았다.

"탈로스와 제국 사이에 국경선이 완전히 그어지지 않은 지금밖에 할 수 없는 일이지."

"으음…… 확실히 영토 확장을 할 수 있는 좋은 기회이긴 합니다. 하지만 아직 탈로스의 제1검이 분쟁 지역 근방에 주둔 중입니다."

"그러니까 지금은 신경을 건드리는 선에서 멈춰."

"예."

카리엘의 목적을 확실히 파악한 군단장이 고개를 숙이고

물러났다.

이것으로 지금처럼 남부 왕국들이 설칠 수 없도록 제동을 거는 계획이 끝났다.

남은 건 반란 분자들과 소국 연합뿐이었다.

"그 정도는 지들이 알아서 해야지."

카리엘이 그렇게 중얼거리는데, 타리온이 들어왔다.

"작업은?"

"남부와 동부는 확실히 퍼졌습니다. 슬슬 중앙 지역에서 작업 중입니다."

혁명가들을 자발적 노예로 만들 프로젝트가 시작되었다. 아직은 소문을 퍼뜨리는 단계이기에 한 명도 찾아오지 않았지만 시간이 지나면 하나둘 이곳으로 올 것이 분명했다.

"감찰부한테 액션만 취하라고 해."

"예."

카리엘의 당부에 타리온이 고개를 숙이며 답했다.

머리가 좋은 만큼 눈치도 빠른 놈들이기에 자칫 잘못했다간 정부가 사기 치는 것이라 생각할 수도 있었다.

그런 생각을 하지 못하도록 감찰부에게 적절히 긴장감을 심어 줄 겸 수상한 움직임을 감시하라고 할 생각이었다.

"그래도 아쉽네. 정말 오겠다는 놈들이 한 명도 없었어?"

"예. 그래도 각 지역에서 서로 모임을 갖고 있다고 합니다."

"괜히 잡아들이려 하지 말라고 해. 훌륭한 관료가 되실 분들인데 억압하면 안 되지. 딱 감시까지만. 알겠지?"

"……예."

타리온의 대답에 작게 고개를 끄덕인 카리엘은 창문을 바라보았다.

다들 힘들다고 투덜대면서도 은근슬쩍 일을 더 하려고 한다.

일한 만큼 수당이 나오는 것만으로도 감격스러운 일인데, 상위권에 들면 보너스도 나온다.

거기다 휴가까지 더해진다.

이런 기회가 쉽게 오는 게 아니었다.

벌써부터 젊은 사람들 사이에서는 이런 말이 나오기 시작했다.

"바짝 벌고 노후를 즐기자."

"지금이 대박 날 기회다!"

반면에 가정이 있는 자들은 안정을 원했다.

하지만 그들 역시 열심히 일할 수밖에 없었다. 지금 바짝 벌어 놓으면 만약의 상황이 발생해도 벌어 놓은 돈으로 버틸 수 있으니.

딱 몇 달만 바짝 벌고 늘어질 생각을 하는 이들도 있었다.

하지만 카리엘은 그들을 그렇게 놓아줄 생각이 조금도 없었다.

"이제 슬슬 다음 단계를 준비하자."

카리엘의 말에 타리온이 무겁게 고개를 끄덕였다.

이제 노예들이 슬슬 자발적으로 일하기 시작했으니 다음 계획을 시작할 때였다.

인간이란 두 종류가 있다.

돈을 벌어도 끝없는 욕심에 더욱 열심히 일하는 스타일.

이런 인간들은 카리엘이 딱히 신경 쓰지 않아도 알아서 일할 사람들이다.

문제는 두 번째다.

어느 정도 노후가 보장되면 쉬고자 하는 사람들.

바로 카리엘 같은 부류였다.

이런 인간들의 경우 방법은 하나뿐이다. 더 많은 돈을 벌 기회를 주어 노후를 즐기려는 시기를 늦추는 것!

"그들의 욕망을 부추겨야겠지?"

빙그레 웃으면서 카리엘이 타리온을 바라보았다.

"노동자들이 우선적으로 투자……할 수 있도록 준비하겠습니다."

"그래."

이 도시는 이제 막 성장하고 있었다. 그러다 보니 지을 것도 많고, 해야 할 것도 많았다.

게다가 돈도 많이 들었다.

분명 미래의 가치는 지금 상상하는 것보다 훨씬 클 것이 분명했다.

그것에 노동자들이 우선적으로 투자할 수 있게 된다면 어떻게 될까?

성과에 따라 우선순위를 나누고 근면성실한 자들에게 투자금의 최대치를 늘려 준다면?

미래에 큰돈을 만질 수 있는 기회를 놓치지 않기 위해 더 열심히 일할 것이다.

"노후 보장은 확실하게. 대신 젊을 때는 열심히 일해야지?"

그렇게 중얼거린 카리엘이 타리온을 보며 사악한 미소를 지었다.

그러자 흠칫 놀라면서 식은땀을 흘리는 타리온.

'저하께서 황제가 되신다면…… 제국은 지옥이 되는 걸까?'

어쩌면 죽기 직전까지 굴려질지도 모른다는 생각에 타리온은 몸을 부르르 떨었다.

"어디 아파?"

"……아닙니다."

"몸조심해. 건강만큼 소중한 건 없다?"

"……예."

카리엘의 걱정에 쓴웃음을 지으며 고개를 숙이는 타리온.

하지만 걱정은 걱정이고, 맡은 일은 완벽히 해야 하는 법.

오늘도 한차례 털린 타리온은 곧바로 밖을 나섰다.

상사에게 털리고 아랫사람에게 푸는 전통적인 관례에 따라 고위 관료들과 그림자들이 욕을 처먹은 후 분노로 번뜩이는 눈동자로 도시를 배회하기 시작했다.

"나쁘지 않군."

이 모습을 보면서 만족스러운 미소를 짓는 카리엘.

강도 높은 노동에 모두가 죽을 것 같은데도 신기하게도 포기하는 사람은 없었다.

보상 그리고 그것을 뒷받침해 줄 노동 환경 등이 개선되기 시작하면서 어찌어찌 버틸 수 있는 작업 환경이 만들어졌기 때문이다.

그리고 이러한 소문은 시간이 흘러감에 따라 제국민들의 마음속에 혁명의 불길을 지폈다.

당연한 줄만 알았던 임금.

당연한 줄만 알았던 작업 환경.

당연한 줄만 알았던 복지.

귀족들에게 쥐어짜이는 게 당연하다는 생각이 바뀌었다.

그리고 마침내 이 소문이 제국의 수도를 강타하면서 음지에 숨어 있던 혁명가들이 모습을 드러내기 시작했다.

"저하께 가야겠소."

"그분이 우리의 희망이오."

"갑시다. 그분이라면 우리의 말을 들어줄 것이오!"

수도를 중심으로 각 지역에 숨어 있던 혁명가들이 하나둘 움직이기 시작했다.

저 멀리 제국에 새로이 생긴 항구를 향하여……

그 중심엔 혁명 세력의 중심 마르크스 베버가 있었다.

카리엘의 위험한 계획

열심히 항구를 발전시키고 있을 무렵, 마침내 혁명가들이 하나둘 동쪽으로 움직이기 시작했다.

하지만 보고받은 숫자로는 턱없이 부족했다.

"머릿속에 구상한 건 많은데 인재가 너무 없네."

미간을 찌푸리면서 투덜거리는 카리엘.

이왕 할 거면 제대로 하자는 게 그의 모토인데 문제는 그가 회귀했다는 점이다.

미래에 있던 기술들, 그리고 위기 속에서 어렵게 피어난 더 높은 정치와 행정 체제 등을 겪었던 그이기에 자꾸만 욕심이 났다.

"하면…… 큰일 나겠지."

심각한 표정으로 중얼거리는 카리엘.

이미 혁명가들을 불러들이는 것만으로도 제국 입장에선 큰 변혁이 일어나고 있는 것이나 마찬가지였다.

제국이 위기 상황이었고, 카리엘의 위상 자체가 높아졌기에 용인되는 것이다.

그런데 일을 더 벌인다?

귀족들이 얼마나 반발할지 알 수가 없었다.

"인재가 부족해."

행정가도 부족했지만, 병력도 부족했다.

지금 역시 슬슬 제국도 힘에 부치는지 조금씩 양이 줄어가고 있었다.

빠르게 발전시키고 튀려는 카리엘의 계획은 자꾸만 미루어지고 있었다. 그렇게 업무 지옥에 빠져서 매일같이 신세한탄을 하고 있던 찰나 마침내 남부의 상인들이 움직였다.

운이 좋게도 남부 왕국들이 제국의 대응이 미지근하다고 여겼는지 자금을 당겨서 소국 연합을 더 많이 지원하던 찰나에 이루어진 한 방이었다.

-남부 상인 연합. 이 일에 연관된 상단과는 거래를 끊겠다고 용단을 내리다!

갑작스레 소국들과 남부 왕국들 간에 밀약이 있다는 소문이 돌면서 돌연 제국의 상인들이 거래를 끊기 시작했다.

본래 상인들은 정부에서 금지하지 않는 이상 마지막까지 꿀을 빠는 족속들이다.

제국의 남부 상인들은 범죄조차 저지를 정도로 돈에 미쳐 있는 존재들이었는데, 그런 이들이 갑작스레 스스로 손해를 감수하고 거래를 끊은 것이다.

거기다 자신들이 알고 있는 밀수 루트, 그리고 소국과 남부 왕국들 간에 이루어지는 접선 장소로 추정되는 곳까지 감찰부에 알리면서 상황이 악화되어 갔다.

이것만으로도 정신없는데 그들에게 또 하나의 악재가 덮쳐 왔다.

"저하! 탈로스의 제1검과 왕국 직속 기사단이 뒤로 빠졌다 합니다."

타리온이 급보를 전해 오자 카리엘이 작게 고개를 끄덕였다.

남부 상인 연합이 움직였으니 이제 해적들이 움직일 차례였다.

조금만 더 기다렸다가 때렸으면 좋았겠지만 이 정도로도 충분했다. 이제 더 이상 탈로스는 제국에 신경 쓸 여력이 없다.

로테온도 마찬가지였다.

"성국은?"

"북부 변경백이 견제하고 있습니다. 동부군이 보조할 것 같습니다."

타리온의 보고에 카리엘이 만족스레 고개를 끄덕였다.

자신이 계획했던 것이 차근차근 진행되고 있었다.

카리엘이 제국을 위해서 할 수 있는 건 딱 여기까지였다. 이제 남은 건 이 빌어먹을 항구를 정상 궤도에 올리는 것뿐이다.

"혁명가들은?"

"일주일 내로 도착할 것 같습니다."

"왜 이렇게 오래 걸려? 기차를 타고 오면 금방이잖아."

카리엘의 물음에 타리온이 쓴웃음을 지으며 말했다.

"돈이 많거나 귀족들을 중심으로 운행되느라……. 아시다시피 혁명가들은 대부분 가난합니다."

"으음……."

불순한 사상을 가진 자들을 귀족들이 고용해 줄 리 만무했다.

그렇다고 상단에 들어갈 수 있을까? 그들 역시 대부분 귀족들의 투자를 받은 몸이니 불가능했다.

그 때문에 다들 지지리도 가난한 삶을 살 수밖에 없었다.

"어쨌든 오고 있다는 거지?"

"예."

"좋아. 좀만 더 버텨 보자고."

그렇게 말하며 한숨을 쉰 카리엘은 다시금 일 더미에 파묻혔다.

정신없이 일하다 보니 언제나 밤이 되었고, 늦은 밤이 되었다.

"으…… 죽겠네."

"천천히 하시죠. 요즘 너무 무리하십니다."

"이걸 지금 처리하지 않으면 일이 얼마나 늦어지는지 알잖아."

지금 처리하지 않으면 안 될 서류가 너무 많았다.

그렇기에 카리엘이 무리하지 않으려 해도 할 수밖에 없었다.

문제는 밑에 있는 관료들이다.

상사가 열심히 하는데 먼저 퇴근하는 건방진 생각을 하는 자가 있을까? 그것도 제국의 1황자가 일하는데?

당연히 밑에 있는 자들도 다 같이 야근할 수밖에 없었다.

"조금 천천히 진행해도 뭐라 할 사람은 아무도 없습니다."

타리온의 말에 카리엘은 작게 한숨을 쉬었다.

그의 말처럼 조금 천천히 진행해도 되긴 했다.

하지만 그의 성정이 일단 일은 다 끝내 놓고 놀자는 주의라는 게 문제였다.

"이것만 끝내고."

그날도 늦은 밤까지 야근하는 것을 택하는 카리엘.

결국 설득에 실패한 타리온이 밖으로 나가 고개를 가로젓
자 초췌한 몰골의 관료들이 침울한 표정으로 고개를 숙였다.

"조금만 버텨 보세, 곧 사람들이 올 것이니."

"……예."

타리온의 설득에 울먹이면서 중얼거리는 관료들.

결국 그날도 야근을 했고, 그다음 날도, 그다음 날도 지옥
같은 일정이 계속되었다.

그리고 마침내 그토록 기다리던 혁명가들이 도시에 진입
했다.

"저하를 뵙습니다. 마르크스 베버라 하옵니다."

"반갑다."

몰려온 혁명가들을 대표해서 인사를 올리는 베버를 보며
미소를 짓는 카리엘.

"다들 소문을 듣고 찾아온 것이겠지?"

"그렇사옵니다."

"좋아. 그럼 길게 끌 거 없지. 타리온에게 각자 잘하는 분
야를 말하도록."

곧바로 채용하겠다는 말에 다들 눈을 동그랗게 떴다.

"그 전에 한 가지 말씀드릴 것이 있사옵니다."

베버의 말에 카리엘이 고개를 갸웃거리면서 말했다.

"무엇이지?"

"혹…… 하루에 몇 시간 일하는지 물어도 되겠사옵니까?"

"평균 14시간이오. 몇몇 이들은 그 이상을 일하기도 하오."

옆에 있는 타리온의 대답에 베버를 비롯한 혁명가들의 표정이 굳어졌다.

희망을 갖고 찾아왔으나 결국 이곳도 거짓이었다.

"저하, 이곳을 오면서 노동자들의 얼굴을 보았사옵니다. 모두 과한 노동에 시달린 얼굴이었사옵니다."

"그건 그자들의 선택이었다."

"저하께오선 아니라 생각하시지만 밑에 있는 자들에겐 강요가 될 수 있사옵니다."

"글쎄…… 관료들은 몰라도 노동자들은 아닐걸."

카리엘이 그렇게 말하면서 뒤를 돌아보았다. 그러자 베버의 얼굴에 의아함이 떠올랐다.

고위 관료라 불리는 이들은 노동자들보다 더 초췌한 모습이었다.

거기다 자세히 보니 카리엘 역시 상태가 썩 좋아 보이지 않았다.

"저하께선 그들보다 더 일하시오."

"……더 말입니까?"

"그리고 그대들이 들은 소문은 사실이오. 다들 보상을 얻기 위해 자발적으로 일하는 것뿐."

타리온의 첨언에 베버의 표정이 굳어지기 시작했다.

"이 모든 게 사람이 모자라서 그렇다. 저들의 고통을 덜어 주고 싶나? 그럼 와서 일을 하라. 사람을 더 모아 와."

카리엘의 말에 베버와 혁명가들의 표정이 이상하게 변했다.

뭔가 잘못 걸린 것 같은 느낌.

하지만 그것을 안 시점이 늦었다. 이미 덫에 걸린 이상 빠져나갈 수 없었기 때문이다.

✻

며칠 후, 지옥을 맛본 혁명가들이 죽어 나갈 듯한 표정을 지었다.

하지만 도망칠 수도 없었다.

달콤한 보상을 제안하며 꼬드겼고, 그것도 안 되면 카리엘을 들먹이며 협박했으며, 나중에는 그만둔다면 조약에 따라 막대한 돈을 토해 내게끔 했다.

결국 마르크스 베버가 직접 카리엘을 찾았다.

"저하."

"그만두려는 거라면 안 된다."

단호하게 말하는 카리엘을 향해 베버가 고개를 숙이고는
말했다.

"……데려올 자들이 있사옵니다."

"데려올 자들? 그런 자들이 있었으면 진즉 말했어야지."

"그들의 신분이 문제이옵니다."

"평민들이라도 상관없어."

이미 관료들 중 상당수가 평민들이었다. 거기다 노동자들
을 관리하는 자들 대부분이 평민인데 무엇이 문제일까?

"……범죄자 출신들입니다."

"……설마 지금 그대가 데려오는 자들이 공노예들인가?"

"그들의 후손들입니다."

법에 의해 대역 죄인들을 노예와 비슷한 처지가 된 이들.

공식적으로 노예가 되진 않았다 하더라도 노예보다 못한
삶을 사는 이들이기에 붙여진 별명.

반역자의 자손들이나 그에 준하는 엄청난 죄를 지은 자들.

그들 대부분은 그 지역에 마을을 만들어 살게 되었는데,
결국 죽을 때까지도 그 지역을 벗어나지 못했다.

"전부 데려오는 건 바라지 않습니다. 그들 중 일부라도 이
곳에 머물게만 해 주십시오."

"……."

젊은이들만이라도 그곳에서 빼내서 미래를 꿈꾸게 해 주
고 싶은 베버.

하지만 쉬이 답을 내릴 수는 없었다. 아무리 카리엘이라도 그들을 함부로 데려오면 문제가 될 수밖에 없기 때문이다.

과거에 지은 죄가 워낙 엄중했기에 대를 이어 벌을 받는 이들이다. 몇십 년 혹은 그 이상의 시간이 지나 황제가 죄를 사해 주는 경우도 있지만 그건 전쟁에서 대승을 할 정도로 큼지막한 일이 있을 때나 가능한 것이었다.

무엇보다 안 되는 이유가 있었다.

"그들 마을 중 일부가 흑마법사들의 소굴이었다."

가장 약한 자들을 노리는 흑마법사들답게 제국에 불만이 있을 만한 곳만 노려서 자신들의 세력으로 영입했다.

범죄자 소굴, 범죄 집단, 몰락한 귀족 등이 흑마법사들의 주요 타깃이 되는 것이다.

당연히 공노예들이 사는 곳도 마찬가지였다.

"……한 번만 기회를 주십시오. 그들 중 영민한 자들이 많습니다."

"그대만큼?"

"예."

과거 고위 귀족이었던 만큼 그들이 가진 기술 같은 것이 대대로 이어져 왔을 가능성이 높았다.

전생에 이들을 활용할 생각을 못 했던 것은 이미 반란군이 꼬드겨 데려갔었고, 남은 이들은 인마 전쟁과 몬스터 웨이브를 버티지 못하고 다 죽어 나갔기 때문이다.

그런데 만약 그들 중 쓸 만한 이들이 많다면?

"정말 그대만큼 똑똑한 자들이 많다고?"

"예, 저랑 비교도 안 되는 자들이 많이 있습니다."

베버의 확신에 찬 말에 카리엘이 고민에 빠졌다.

한참을 고심하던 카리엘은 한숨을 쉬며 말했다.

"좋아. 데려와 봐."

"괜찮으시겠습니까?"

"그건 자네가 걱정할 바 아니고. 이들 말고도 데려올 사람 있다면 다 데려와."

카리엘의 말에 베버의 눈동자가 크게 떠졌다.

"일단 우리부터 살고 보자고."

그렇게 말한 카리엘은 베버를 물렸다.

귀족들의 반발 때문에 애써 억눌러 왔던 욕망.

이젠 그것을 참을 수 없게 되었다.

'이왕 할 거, 적어도 전생에 이루었던 것 이상으로!'

그렇게 다짐한 카리엘은 머릿속에서만 간직해 왔던 것들을 노트에 적어 내려가기 시작했다.

신분제의 사회에서 어려웠던 것들.

그것이 이 도시에 한해서라면 어찌어찌 가능할 수도 있겠다는 생각이 들었다.

'이 도시를 하나의 독립 체제로 만든다.'

굳은 결심을 한 카리엘은 자신의 계획을 하나둘 정립해 나갔다.

'이 도시에 한해서라면 가능할 수도 있어.'

그렇게 생각하며 열심히 계획들을 정리하는 카리엘.

이왕 혁명가들을 영입한 거, 전생에 했던 계획들을 하나둘 이뤄 나가 볼 생각이었다.

✻

베버를 만난 바로 다음 날, 카리엘은 중앙으로 공노예들을 데려오고 싶다는 서신과 함께 그들을 어떻게 활용할 것인지 에 대한 보고서를 올리기 시작했다.

동시에 평민들을 위한 기초 아카데미를 짓는다는 계획서 역시 보냈다.

그냥 글이나 간단한 산수 정도만 가르치는 것이 아닌 전문 적인 인재 양성을 위한 계획이었다.

아무리 카리엘이라 하더라도 반발이 일어날 수밖에 없는 계획.

결국 귀족들의 반발로 인해 카리엘에게 명령서가 내려왔 다.

"결국 이리되나?"

카리엘이 씁쓸한 표정으로 말하고는 코트를 들어 올렸다.

타리온이 그를 걱정스러운 눈으로 바라보았다.

"저하."

"괜찮아. 이럴 줄 알았으니까."

황제가 직접 수도로 귀환하는 명령을 내렸다.

황궁에 와서 대전 회의에 참석하라는 내용이었다.

아무리 그동안 공을 세웠고 1황자라는 신분을 갖고 있음에도 위험한 사상이 담긴 내용이었으니까.

카리엘은 곧바로 황궁으로 향했다.

　

　

한편 위험한 계획을 세운 카리엘을 직접 불러들인 당사자인 황제.

그의 궁에는 현재 비밀리에 변경백과 고위 귀족들이 모여 있었다.

"……그대들이 원하는 게 정말 그것인가?"

변경백들은 고개를 숙이고 있었다.

그러자 황제는 귀족파의 수장인 두 공작을 바라보았다.

두 황자를 미는 공작들을 향해 묻는 황제를 보면서 두 공작이 고개를 숙였다.

"예, 폐하."

"그렇사옵니다."

두 공작의 대답에 황제가 힘겹게 고개를 끄덕였다.

"그대들의 뜻이 그러하다면······ 그리하게."

황제의 허락이 떨어진 후 변경백들과 고위 귀족들은 무언가를 위해 비밀리에 움직이기 시작했다.

지방 귀족들이나 하위 귀족들이 이 사실을 알면 반발할 것이 분명하기에 신중히 움직였다.

하지만 이 사실을 알지 못하는 카리엘은 비공선에서 골똘히 생각에 잠겨 있었다.

'실패하면 좀 아쉽겠지?'

어차피 이런 걸로 그를 죽일 수는 없다.

잘해야 시골 영지로 귀양을 보내는 정도?

오히려 좋았다.

하지만 더 발전할 수 있는 걸 알면서도 가만히 내버려 두는 것은 은근 신경이 거슬리는 일이다.

거기다 흑마법사가 동대륙에서 어떤 일을 벌일지 모르기 때문에 불안했다.

혹시나 그곳에서 로만을 꼬드겨 대륙 전쟁이라도 벌인다면 제국은 또다시 위기에 처할 것이다.

그걸 조금이라도 대비하기 위해서는 더 많은 인재가 필요했다.

동시에 좀 더 발전할 필요가 있었다.

전생에 카리엘의 제국이 버텨 낼 수 있었던 근간.

그중에는 그랜드 마스터라는 존재의 압도적인 무력도 있었지만, 그것만으로는 연이은 전투에서 승리할 수 없었다.

가장 큰 역할을 한 것은 위기 상황에서 나타난 천재들.

그들을 통해 발전된 기술들을 접목한 무기들이 제 몫을 다해 준 덕이었다.

"이런 게 이렇게 썩고 있는 건 아쉽긴 하네."

자신을 태우고 빠르게 이동하고 있는 비공선.

기술력 부족으로 엄청난 양의 마나석을 소모하기에 대중화되지 못한 물건이었다.

하지만 열차보다 훨씬 빠른 속도로 이동하는 이건 엄청난 자원 소모에도 불구하고 제한적이나마 사용되고 있었다.

열차처럼 딱 동서남북으로 하나의 루트에만 배치된 기물들.

이것이 더 발전하지 못한 이유는 딱 하나다.

"마법사들의 욕심."

기술자들과 함께한다면 더 높은 발전을 이뤄 낼 수 있을 걸 알면서도 마법사들은 기술을 제공하려 하지 않았다.

거기다 이것을 무기 삼기 위해서 아주 극소량만 생산해 냈다.

지금에 이르러서는 이것을 만든 마법사들도 죽거나 늙었

기에 기술 전승이 거의 끊긴 상황이다.

'한마디로 개판이지.'

귀족들과 특권층의 욕심으로 더디게 발전하는 제국을 보며 혀를 찬 카리엘은 창밖을 바라보면서 생각에 잠겼다.

욕심 많은 귀족들을 어떻게 설득할지, 그리고 황제의 진노를 어떻게 풀어야 할지 고민했다.

그렇게 카리엘이 깊은 생각에 잠겨 있는 동안에도 비공선은 빠르게 수도를 향해 날아갔다.

* * *

"저하를 뵙습니다."

목적지에는 비공선에서 내린 카리엘을 직접 데려가기 위해 황궁 기사들이 모여 있었다.

"누가 보면 내가 범죄자인 줄 알겠어."

"송구합니다."

고개를 숙인 황궁 기사들을 보며 카리엘이 쓴웃음을 지었다.

"가자."

"예!"

황궁 기사들에게 둘러싸여서 황궁으로 가는 마차에 오른 카리엘이 혀를 찼다.

대놓고 자신을 압박하기 위한 구도.

타리온과 그림자들조차 대동하지 못하게 하는 것에서 카리엘의 손발을 묶고 압박하겠다는 의도가 보였다.

그만큼 귀족들로선 받아들이기 힘든 계획이라는 뜻이었다.

"곧바로 대전으로 가나?"

"그리될 것으로 보입니다."

카리엘이 마차의 창문을 열고 묻자 황궁 기사가 고개를 숙이며 답했다.

"후…… 최소한의 준비 시간도 주지 않겠다는 의지인가?"

곧장 대전으로 향하는 마차에서 타리온이 미리 준비한 것들을 천천히 살펴보는 카리엘.

어느새 마차는 대전 앞에 도착했다.

"저하, 도착했사옵니다."

"잠시. 5분만 있다가 나가지."

"……예, 저하."

황궁 기사가 어두운 표정으로 고개를 숙였다.

천하의 카리엘이라도 지금만큼은 긴장한 것으로 여긴 것이다.

하지만 마차 안에 있는 카리엘의 표정은 잔잔했다.

시간을 달라고 했던 것은 자신을 압박하는 귀족들을 타리온이 준비한 정보들로 카운터 치기 위함일 뿐.

"되었다."

카리엘은 자신을 부축하려는 기사를 만류하고 마차에서 내렸다.

심상치 않은 기세를 느낀 황궁 기사들의 눈에 놀라움이 담겼다.

'언제 이렇게…….'

아픈 몸을 털고 일어난 후 카리엘의 몸이 빠르게 회복되었다는 것은 익히 알고 있었다.

하지만 수도에서 벗어났다가 돌아온 카리엘은 단순히 몸이 회복된 것을 넘어 무인의 기세를 내뿜고 있었다.

황궁 기사들조차 놀랄 정도로 빠른 속도로 성장한 카리엘.

그런 그가 마음속에 꾹꾹 눌러 담은 분노를 은연중에 드러내면서 대전으로 향했다.

본래라면 이렇게 마음대로 기세를 내뿜는 건 안 될 일이다.

하지만 1황자라는 사실이 모든 것을 허용하게 했다.

그것도 '제국의 영웅'이라 추앙받는 그이기에 기사들을 비롯한 모든 이들이 모른 체하면서 대전의 문을 열었다.

황제의 명령에 대전에 도착한 카리엘을 맞은 것은 2개로 나뉜 황좌에 앉은 동생들이었다.

그 앞에서는 카리엘을 죄인처럼 서게 만든 귀족들이 못마땅한 표정으로 그를 바라보았다.

하지만 조금도 주눅 들지 않은 채 싸늘한 표정으로 귀족들을 보는 카리엘.

"이건 또 무슨 장난질이지?"

카리엘의 물음에 동생들의 표정은 좋지 않았다.

억지로 앉아 있는 게 얼굴에 역력히 드러났다.

"폐하의 명으로 왔거늘…… 감히 폐하를 이용해 나에게 굴욕감을 선사하려 했나?"

분노한 표정으로 귀족들을 바라보는 카리엘을 보면서 몇몇 귀족들이 움찔했다.

"저하께 보낸 것은 분명 폐하의 명령서가 맞습니다. 현재 폐하의 몸 상태가 좋지 못하신 관계로 부득이하게 이렇게 진행할 수밖에 없는 점, 양해 부탁드리옵니다."

새로이 재상으로 뽑힌 윈스턴이 공손히 고개를 숙이면서 말했다.

의도적으로 분노한 표정을 드러내면서 기세를 가져오려 했지만 재상인 윈스턴에 의해 가로막혀 버렸다.

"이번 대전의 안건은 저하에 관한 것이기에 회의가 진행되는 동안 서 계셔야 하옵니다. 이 점 양해 바라옵니다."

'쉽게 가기는 글렀군.'

속으로 혀를 찬 카리엘은 기세를 죽이지 않은 채 말했다.

"상관없으니 속행하지."

"예."

카리엘의 명령에 귀족들이 당혹스러운 표정을 지었다.

일부러 죄인처럼 황궁 기사들이 끌고 오는 것같이 구도를 짜고 대전 안에서도 두 동생들 밑에서 해명해야 하는 그림을 만들었다.

그럼에도 불구하고 마치 황제처럼 명령을 내리는 카리엘.

황제가 없는 이상 그 누구도 자신에게 명을 내릴 수 없다는 것처럼 단호한 표정을 짓는 그를 보며 몇몇 귀족들이 침음성을 흘렸다.

"가장 먼저 현재 저하께서 불러들이고 있는 자들에 관한 것입니다. 현재 1황자 저하께서 불러들인 세력은 현 제국에 굉장히 위험한 자들이라는 게 귀족들의 의견입니다. 감찰총장? 이에 대해 설명해 주실 수 있겠소?"

"……혁명가라 불리는 세력들의 사상은 지극히 불손하고 제국의 체제를 무너뜨릴 수 있기에 감찰부에서 예의 주시하고 있는 놈들이었습니다."

재상의 말에 어쩔 수 없다는 표정으로 답하는 포돌스키.

아무리 카리엘을 따르는 그라도 이번 사안만큼은 함부로 말할 수 없었는지 솔직하게 답하고 있었다.

"내무대신, 만약 저 혁명가라는 자들이 말하는 대로 되면 제국이 어떤 여파가 있겠소?"

"……현 관료 체제가 무너질 수 있습니다."

"외무대신, 이것이 타국들에 미칠 여파는 어떻소?"

"……적어도 남부 왕국들은 강력히 반발할 것입니다. 그들 입장에선 절대 받아들일 수 없기에 전쟁까지 각오할 가능성이 있습니다."

제국보다 강력한 신분제를 갖고 있는 두 남부 왕국 입장에서는 혁명가들의 불손한 사상은 절대 받아들일 수 없는 것이었다. 그렇기에 그들의 체제를 유지하기 위해 전쟁까지 불사할 가능성이 있다고 말하는 것이다.

"저하, 귀족들의 입장은 이러하옵니다. 이에 대해 해명하실 수 있겠습니까?"

"해명이라……."

노련한 재상의 말에 카리엘이 피식 웃었다.

그러면서 두 공작들을 바라보았다.

한창 바쁠 변경백들까지 모여 있었는데, 그들 역시 침묵하고 있었다.

주요 인원들이 침묵한 상황에서 같잖은 자가 재상의 자리에 앉아 대전 회의를 주관하고 있다. 심지어 두 동생들조차 입을 다물고 있는데.

'뭔가 있군.'

단번에 자신이 모르는 뭔가가 있음을 깨달은 카리엘이 눈을 가늘게 뜨고 재상을 바라보았다.

입을 다물고 있는 자들은 중립을 지키겠다는 뜻.

그렇다는 건 귀족들의 대변인이 된 재상만 조지면 된다는 뜻이었다.

'일이 쉬워졌군.'

잠시간 입을 다물고 생각에 잠겨 있던 카리엘.

천하의 1황자조차 이 사안에 대해서는 할 말이 없다고 생각했는지 귀족들의 입가에 미소가 걸렸다.

하지만 그것도 잠시, 카리엘의 입이 열렸다.

"일단 해명이라는 말이 상당히 거슬리는군. 누가 보면 내가 죄를 지은 것이라고 착각하지 않겠나?"

카리엘이 그렇게 말하면서 윈스턴을 째려보았다.

"도시에서의 일은 꼬박꼬박 중앙으로 보고했고, 혁명가들을 부를 때조차 그대들에게 허락을 맡았지. 다들 동의한 것 아니었나? 그런데 이제 와서 나한테 죄를 뒤집어씌운다라……."

"……단어 선택이 좋지 않았던 점, 송구하옵니다."

빠르게 사과하는 윈스턴.

사안이 이상한 곳으로 빠지지 않도록 빠르게 막은 것이다.

"쯧! 서로 시간이 없으니 빠르게 답하지. 일단 모든 사안에 대해서는 중앙에 보고했다. 그럼 남은 건 내 계획 때문이라는 건데 그게 뭐가 문제인지 모르겠군."

카리엘의 말에 귀족들이 웅성거리기 시작했다.

"그대들이 입버릇처럼 말하던 게 있었지. 귀족들과 평민들은 태어날 때부터 가진 바 재능이 다르다는 것. 간혹가다 평민들 사이에서 나타나는 천재들은 돌연변이에 불과하다고."

카리엘의 말에 귀족들의 표정이 굳어졌다.

"그럼 뭐가 문제지? 거기다 그대들은 환경에서조차 평민보다 압도적인 우위에 있다."

"하오나……."

뭐라 반박하려는 귀족의 입을 손을 들어 막은 카리엘이 싸늘한 표정으로 말했다.

"마지막으로 제국 전체에 적용하자는 것도 아니고 도시 하나다. 그것도 두려워서 이 사달을 내? 자신 없나? 뭐가 두려워서 그러는 거지?"

카리엘이 그렇게 말하면서 기세를 내뿜었다.

"고작해야 도시 하나에서 일어난 일조차 두려워서 벌벌 떨거라면 그냥 평민이 되는 게 어떤가? 위기에 처한 제국에 그딴 쓰레기들이 귀족이라는 '고귀한' 자리에 앉아 있는 꼴은 못 보겠군."

일부러 귀족들을 치켜세우면서 말한 카리엘이 자신이 가져온 정보들을 하나둘 풀어내었다.

능력 없는 귀족 때문에 접경 지역에서 일어난 소규모 전투에서 패배한 일, 한 명의 비리 귀족 때문에 남부 왕국의 첩자들이 접경 지역에 들어온 일, 무능한 귀족에 소국 연합군이 제국의 영토 일부를 점령한 일 등이 그것이었다.

"무능한 주제에 과한 권한을 갖고 있었다. 하마터면 힘들게 차지한 우리의 땅을 다시금 빼앗길 뻔했어."

"그건……."

"무엇보다 아직 분쟁 지역의 전쟁은 끝난 게 아니다."

다시 한번 손을 들어 제지한 카리엘이 분노한 표정으로 말했다.

"하루라도 빨리 도시를 발전시키고 완벽한 요새를 만들어 '진짜' 우리 땅으로 만들어야 하거늘. 보내 달라는 인재들은 죄다 중앙에서 쓸어 가고는 나한테 한 명도 보내 주지 않더군."

카리엘이 싸늘한 표정으로 주변을 둘러보자 대신들이 식은땀을 흘리면서 눈을 돌렸다.

그들은 입이 100개라도 할 말이 없었기 때문이다.

"집에서 놀고 있는 귀족들이라도 보내 달랬더니 다들 내 말을 무시하더군. 그럼 나보고 어떡하라는 거지? 말해 보게, 재상. 그 상황에서 내가 어떠한 선택을 할 수 있었을까?"

"혁명가들은 이해할 수 있습니다. 하지만 저하의 계획이 문제이옵니다."

"도시를 정상적으로 발전시키기엔 아직도 사람이 턱없이 부족하다. 그럼 다른 방안이 있나? 말해 보게. 듣기로는 중앙도 인재 부족으로 고생 좀 한다던데……."

카리엘의 말에 몇몇 대신들이 움찔거렸다.

"하오나 위기는 한순간이옵니다. 반면에 저하가 계획하시

는 일이 진행될 경우 제국의 체계 자체가 무너질 수도 있사
옵니다. 귀족의 체계가 무너지면 다음은 황권이옵니다."

황권을 들먹이는 재상. 그러자 카리엘이 피식 웃었다.

"고작 평민들 몇을 등용한다고 황권이 무너진다? 지금 자
네는 황권을 능욕하고 있는 것이야."

"분란이 될 여지를 조금도 남기지 않고자 하는 것입니다."

재상과 1황자의 기 싸움에 대전 안에 침묵이 감돌았다.

결국 단시간에 결론이 지어지지 않는다는 것을 파악한 두
황자가 대전 회의를 파했다.

싸늘한 표정으로 가장 먼저 대전 밖으로 나온 카리엘.

그런 그에게 황제의 궁에서 온 시종 하나가 다가왔다.

"폐하께서 찾으시옵니다."

"……가지."

진짜 싸움은 이제부터 시작이라는 것.

과연 고위 귀족들과 변경백들이 무엇을 숨기고 있는지 알
아보러 갈 시간이었다.

※

대전에서 나오자마자 황제의 궁으로 향하는 카리엘.

오랜만에 황제의 궁에 도착한 카리엘은 자신을 마중 나온
시종장을 바라보았다.

'얼굴은 다르다. 하지만…… 익숙하군.'

전생에 자신을 마지막까지 보필했던 시종장.

그와 비슷한 분위기가 풍기는 것을 본 카리엘의 눈이 가늘게 떠졌다.

"……비밀 수호대인가?"

카리엘의 중얼거림에 시종장이 웃는 표정 그대로 빤히 바라보았다.

"폐하께서 기다리고 계시옵니다."

시종장의 말에 잠시 그를 한 번 더 쳐다본 카리엘은 고개를 끄덕이고는 안으로 들어갔다.

침대에 누워 있는 황제.

이젠 앉아 있을 힘도 없는지 간신히 눈을 떠 카리엘을 바라보다가 간신히 한마디 했다.

"……오랜만이구나."

"상황이 이 지경이 될 때까지 뭐 했나?"

그 모습을 본 카리엘이 시종장에게 눈길을 주며 싸늘하게 말했다. 그러자 송구하다는 듯 고개를 숙이는 노인.

"그의 잘못이 아니다. 이미 때를 놓친 셈이니……."

황제의 안색은 창백했고, 눈동자에서는 생기가 사라져 가고 있었다.

그의 말처럼 이젠 정말 희망이 없어 보였다.

"어찌 된 것입니까?"

"숨겨진 저주가 있었더구나."

"……저주 말입니까?"

흑마법사들이 만든 마약. 그것은 단순한 독약이 아니었다. 그리고 카리엘이 생각한 것 이상으로 지독했다.

보아하니 이런 상태가 된 지 상당히 오래된 것 같았다. 그럼에도 불구하고 조금도 정보가 흘러나오지 않았다는 것은 황제가 의도적으로 막았다는 뜻이다.

'변경백과 고위 귀족들은 알고 있었군.'

카리엘은 이를 갈면서 주먹을 꽉 쥐었다.

"왜 진즉 말하지 않았습니까."

"……알면 네가 도망갔겠지."

황제의 말에 카리엘의 미간이 찌푸려졌다.

그 말을 듣는 순간 상황이 어떻게 돌아가는지 단번에 파악할 수 있었다.

"얼마나 남으신 것입니까?"

그러나 황제가 답하지 않고 입을 다물자 카리엘은 고개를 돌려 시종장을 쳐다보았다.

그러자 시종장이 고개를 숙이며 답했다.

"……길어야 6개월이옵니다."

대답을 들은 카리엘은 한참을 입을 다물 수밖에 없었다.

길어야 6개월이라는 건 앞으로 3~4개월 정도면 황제는 죽는다는 뜻이었다.

이런 상황에서 자신을 불렀다면 그 의도는 뻔했다.

"너라면 짐이 왜 이곳에 불렀는지 다 알아챘을 것이다."

"……귀족들이 반발할 것입니다."

황제의 의도는 명확했다.

카리엘에게 황위를 물려주려는 것.

하지만 그것이 어그러지게 생긴 것이다. 카리엘이 일을 벌이지 않았다면 무난하게 그에게 황위를 물려준다고 하고 죽었을 것이다.

하지만 카리엘이 일을 벌여 버린 탓에 귀족들이 반발하기 시작했다.

그렇다면 새로이 판을 짜야 했다.

그러기 위해서 황궁에 직접 불러들인 것이다.

"이미 변경백들, 고위 귀족들과는 어느 정도 얘기가 된 것이군요."

"……그래."

"동생들이 있지 않습니까?"

카리엘의 물음에 황제가 피식 웃으면서 시종장에게 눈짓했다.

그러자 밖으로 나간 시종장이 보고서를 들고 왔다.

카리엘은 특급으로 기밀 처리된 보고서를 앉은 자리에서 읽어 나갔다.

"……."

"두 황자가 걷는 길이 완전히 다르다. 그렇다고 둘 중 하나가 치고 나가는 법도 없지."

황제의 웃음에 카리엘의 표정이 굳어졌다.

그의 말처럼 두 동생들은 각자의 방식대로 훌륭하게 대처하고 있었다.

하나는 외교와 군부를, 다른 하나는 내실과 감찰을 장악했다.

각자가 잘하는 방향에서 슬슬 성과를 내기 시작하면서 발전하고 있음을 보여 주고 있었다.

하지만 누구 하나를 더 잘한다고 보기에는 애매했다.

게다가 아직 미숙한 점이 더러 보이는 것을 보니 시간이 더 필요하기는 했다.

문제는 황제에게 남은 시간이 얼마 되지 않는다는 것.

"……남은 건 무엇입니까?"

"조율."

황제의 말에 카리엘의 표정이 찡그려졌다.

본래 이것은 황제가 하는 게 맞았다.

하지만 현재 황제는 장시간 귀족들을 만나며 조율할 수 있는 상태가 아니었다.

"……무책임하다 생각하느냐?"

젊었을 때는 암군이었으며, 카리엘이 활동할 때쯤엔 모든 일을 미루고 잠적했다.

결국 마지막까지 모든 일을 미루는 무책임한 황제.

그것이 현 황제였다.

"……."

"네 생각처럼 난 암군이요, 제국을 멸망의 길로 이끈 망군이다."

그토록 자존심 강한 황제가 순순히 인정하면서 빙그레 웃었다.

그 모습을 보며 미간을 찌푸리던 카리엘은 황급히 황제를 부축했다.

갑자기 기침하면서 피를 토해 냈기 때문이다.

한참을 격한 기침을 하던 황제가 기절하듯 잠에 빠져들었다.

"폐하께선 괜찮으신 것인가?"

"예, 고통에 기절하셨을 뿐이옵니다."

"지금 그걸 말이라고……."

카리엘은 그렇게 말하다 흠칫했다.

고통에 기절하는 게 차라리 낫다는 뉘앙스의 말. 그건 그보다 심한 일이 있었다는 걸 뜻하기 때문이다.

"……정신적으로 힘드실 것이옵니다."

"저주 때문인가?"

"본래 심약하신 분에게 저주가 깃들었습니다. 게다가 마약을 처방하고 있사오니 더욱 힘드실 것입니다."

마약을 완전히 끊을 수 없는 몸.

거기다 저주가 함께한다.

그런데 가뜩이나 의심이 많고 질투심으로 가득한 황제가 가까스로 그것을 버티고 있었다.

시종장이 옆에 있었기에 간신히 버틸 수 있는 것이었다.

"폐하께서 원하시는 게 정확히 뭐지?"

황위를 주고 싶다는 뻔한 것을 묻는 게 아니었다.

"그건 황위에 오르신다면 아시게 될 것이옵니다. 한 가지 말씀드리자면…… 저하께서는 황위에 오르시는 순간 황가의 모든 비밀을 알 자격을 얻으실 것이옵니다."

시종장의 말에 카리엘의 표정이 굳어졌다.

"폐하께서는……."

카리엘의 물음에 시종장은 말없이 고개를 저었다.

황제는 결국 황가의 비밀을 전부 알지 못했다.

'시종장이 어떻게 황제의 마음을 붙잡았는지 알겠군.'

황가의 비밀을 다시금 세상에 드러낸 황제.

동시에 위대한 제국을 일으킬 기반을 만든 황제.

그렇게 기억되길 원하는 것이다.

또한 죽기 전 황가의 비밀을 엿보고자 하는 마음도 있었을 것이다.

'……상황이 꼬였군.'

속으로 그렇게 생각한 카리엘이 무거운 마음으로 황제궁

을 나오자 두 공작이 기다리고 있었다.

"저하를 뵙습니다."

"저하를 뵙습니다."

귀족파의 거두인 두 공작이 직접 자신을 기다리고 있는 것을 본 카리엘은 얼굴을 찡그렸다.

"내 궁으로 갑시다."

카리엘의 말에 두 공작은 말없이 뒤를 따랐다.

✳

"저하!"

궁으로 향하자 익숙한 모습들이 보였다.

시종들과 기사들, 그리고 친위대가 환하게 웃으며 그를 반겼다.

하지만 카리엘의 표정은 풀어지지 않았다.

"내 방은 비어 있나?"

"예…… 옙!"

"차 좀 준비해 줘."

심상치 않은 분위기에 그들은 황급히 물러났다.

카리엘이 두 공작과 함께 무거운 표정으로 방으로 들어가자 얼마 뒤 티 세트가 들어왔다.

"두 공작은 어디까지 아는 것이오?"

"폐하께서 얼마 남지 않았다는 것까지 아옵니다."

데이비어 공작의 말에 월크셔 공작이 무겁게 고개를 끄덕였다.

"후…… 단도직입적으로 묻겠소. 무얼 원하는 것이오?"

"저하께서 황위를 받으시길 원하옵니다."

데이비어 공작의 말에 카리엘의 얼굴이 일그러졌다.

"월크셔 공작."

"……예, 폐하."

"우리가 약속했던 것은 이런 게 아닐 텐데?"

"송구합니다."

고개를 숙이면서 말하는 월크셔 공작.

데이비어 공작 역시 말없이 고개를 숙였다.

둘의 모습에 잠시 분노하던 카리엘은 감정을 다스렸다.

"일단 들어 봅시다."

카리엘이 진정했다 여겼는지 데이비어 공작이 조용히 설명을 시작했다.

두 공작과 변경백들이 황제의 상태를 알게 된 지는 상당히 오래되었다.

카리엘이 수도를 떠나고 하나둘 알게 되면서 준비를 시작했으니까.

"폐하는 상당히 오랜 시간 준비하셨군."

"시종장이 바뀐 뒤부터 준비하신 것 같사옵니다."

월크셔 공작의 말에 카리엘은 작게 한숨을 쉬었다.

황제의 죽음.

이것은 카리엘이 일으킨 문제와는 비교도 안 되는 것이었다. 그렇기에 혼란을 조기에 잠재우기 위해서는 지금이라도 카리엘이 중앙을 휘어잡아야 했다.

황태자 자리에 오르고 황제가 정식으로 선위를 약속해야 했다.

제국의 빈틈을 노리는 타국들을 막기 위해선 중앙의 안정이 무조건적으로 필요했다.

카리엘은 이걸 알면서도 모르는 척 두 공작에게 물었다.

"그래서, 원하는 게 정확히 무엇이오?"

"어차피 황위에 오래 계시지 않을 거 잘 압니다."

"이 혼란이 잠재워질 때까지만, 그때까지만 부탁드립니다."

두 공작의 말에 카리엘의 표정이 굳어졌다.

"그때가 언제가 될지 알고? 또 큰일이 터지면 내 은퇴는 또 뒤로 미뤄지는 것 아니오?"

"……"

"……"

카리엘의 물음에 두 공작의 입이 다물렸다.

"후…… 제국의 위기 상황이라 어쩔 수 없이 내가 황위를 물려받는다 칩시다. 귀족들이 인정하겠소?"

이 사달을 낸 카리엘을 갑자기 황제로 옹립한다?

귀족들 사이에서 반발이 일어날 것이다.

"소신들과 변경백들이 억누를 것입니다."

데이비어 공작의 말에 카리엘이 피식 웃었다.

"반란군에 가담시키기라도 하겠다는 것이오?"

"어차피 쭉정이들일 것입니다."

카리엘의 말에 월크셔 공작이 단호하게 말했다.

그의 말처럼 쭉정이들이 반란군에 가담할 가능성이 높다. 그러나 제국 입장에서 크게 신경 쓰지 않아도 될 자들이기에 오히려 그김에 정리되면 카리엘이 국정 운영하기가 더 편해 질 것이다.

이미 월크셔 공작의 머릿속에는 여기까지 계산되어 있었던 것이다.

하지만 그로 인해 제국 내 내전이 더 오래 지속될 것이다.

카리엘은 어렵더라도 그들까지 끌고 갈 생각이었다.

'공정하게 무너뜨려 주어야지.'

그들이 무시했던 평민들의 재능. 그것만으로 압도적으로 우위에 있던 귀족들을 하나둘 무너뜨리는 것.

그렇게 제국의 체제 자체를 바꿔 버리는 게 나았다.

"내가 거절한다고 해도 강제로 황위에 앉힐 생각이겠지."

카리엘의 말에 두 공작은 침묵했다.

능력은 둘째 치더라도 1황자라는 상징성 하나만 가지고도 제국의 혼란을 막을 수 있다.

그렇기에 두 공작과 변경백들이 강제로라도 카리엘을 황위에 앉히려는 것이다.

지금 당장 공녀와 결혼시켜 공왕 자리에 올려놓은 뒤 공국을 점령하는 한이 있더라도 황좌에 앉힐 생각이다.

그렇다면 이걸 이용해야 한다.

"내가 황제가 된다면 지금의 계획을 밀어붙일 것이오."

"뜻대로 하십시오."

"상관없사옵니다."

두 공작의 말에 카리엘이 한숨을 쉬었다.

애초부터 고위 귀족들과는 상관없는 이야기이긴 했다.

변경백들은 지방에서, 고위 귀족들은 중앙에서 가주 자리를 위해 숱한 싸움을 해 왔다.

고위 귀족 자리에서 밀려난 자들이 세대를 거듭하며 하위 귀족이 되었을 때에나 문제가 생기는 것이다.

능력은 없으면서 과거의 영광에 취한 자들, 또는 가문에서 밀려난 주제에 거들먹거리는 자들.

카리엘이 한차례 정리했음에도 제국에는 아직 이런 쓰레기들이 많았다.

"정말 괜찮겠소?"

"전 상관없습니다."

월크셔 공작은 다시금 자신의 마음은 확고하다는 것을 드러냈다. 카리엘이 계획한 것을 시행했을 때 자신의 가문이 어느 정도 이득을 볼 수 있는지, 그리고 파벌을 정리당했을 때의 손해까지 손익을 계산한 것이다.

데이비어 공작 역시 마찬가지다.

지금 하고 있는 사업들과 카리엘이 시행할 계획들과의 연관성을 계산해 본 결과 이득이 더 많았다.

귀족파의 거두들이 찬성했으니 중립파는 말할 것도 없었다.

다만 이들이 찬성하는 건 카리엘이 황위에 오르는 것을 전제로 하는 것이다.

"……일단 돌아가겠소."

"그러실 필요가 있습니까?"

월크셔 공작이 고개를 갸웃거렸다.

"명분. 그것을 쌓을 것이오."

카리엘이 그렇게 말하면서 두 공작을 단호한 표정으로 바라보았다.

이 상태로는 황위를 못 받겠다는 의지였다.

"난 일 더미에 파묻히고 싶지 않소."

"……알겠습니다."

"……그리하시지요."

두 공작들 역시 최근 엄청난 일 더미에 파묻혔기에 동의해 주었다.

혁명가든 범죄자든 끌어다 쓰기 위해서는 그들의 능력을 증명해 명분을 쌓아야 했다.

두 공작들과 딜을 했으니 남은 건 대전 회의뿐.

사실상 결론이 난 회의였지만 아무것도 모르는 순진한 귀족들을 위해서 '연기'를 해 줄 필요가 있었다.

※

다시금 시작된 대전 회의.

이번에도 죄인처럼 중앙에 선 카리엘이 가만히 신임 재상 윈스턴을 노려보았다.

회의가 시작하자마자 화려한 언변으로 압박해 오는 윈스턴.

저런 자가 왜 기억에 없었는지, 카리엘은 이제야 알 수 있었다.

무솔리니에 밀려 물러나야만 했던 과거의 망령.

낙향해서 작은 영지를 꾸려 나가던 망령을 다시 중앙으로 끌고 온 것이다.

전생에서라면 아직까지 무솔리니의 시대였을 테니 나타나지 않았을 테고, 그 이후에는 늙어 죽었거나 몬스터에 죽었거나 둘 중 하나였을 것이다.

'역시 망령이어도 경험은 무시 못 하는 건가?'

철저하게 귀족들의 입장에서, 그리고 제국의 체제를 기반으로 카리엘의 말에 반박해 나가는 윈스턴.

무솔리니처럼 허를 찌르는 한 방은 없었다.

하지만 경험과 연륜이라는 두꺼운 방어는 카리엘조차 쉽게 뚫을 수 없었다.

1황자라는 신분으로 압박했음에도 불구하고 조금도 물러나지 않고 자신을 상대하는 모습에 카리엘은 입가에 미소를 그렸다.

'여기서 물러나면 안 된다는 걸 잘 알고 있네.'

보통 이 정도 했으면 조금쯤은 물러나서 일부를 허용하고 나머지는 막는 전략을 취하는 게 일반적인데, 윈스턴은 조금도 허용하려 하지 않았다.

"그래서 재상이 원하는 게 한창 일하고 있는 인재들을 전부 쫓아내야 한다는 것인가? 그렇다면 나도 그만두어야겠군."

카리엘이 아쉬울 것 없다는 듯 어깨를 으쓱였다.

1황자가 있음으로 인해서 유지되는 균형.

그것을 맞추려면 황자들 중 하나가 가야만 했다. 아니면 대신들 중 하나가 가서 항구 재건을 위해 힘써야 하는데, 가봤자 욕만 먹을 자리에 가려는 자는 없을 것이다.

거기다 탈로스도 견제해야 하고, 분쟁 지역에서 알짱거리는 소국들도 신경 써야 했다.

"……저하."

"나를 부려 먹으려 했으면 준비라도 해 두든가. 아무것도 없이 항구에 처박아서 발전시키라 명했으면 뭐라도 지원해 주어야 하는 것 아닌가?"

카리엘의 말에도 윈스턴의 표정에는 변화가 없었다.

조금도 물러나지 않으려는 고집스러움이 얼굴에 가득 담겨 있자 카리엘이 혀를 차며 말했다.

"세일럼에 한해서만 기용하도록 하지. 여기까지가 내가 물러날 수 있는 최선이다."

"후…… 다른 건 어느 정도 허용할 수 있습니다. 하오나 대역 죄인들은 다릅니다. 그들은 제국에 어떤 불순한 마음을 품고 있을지 알 수 없사옵니다. 게다가 이미 그들 중 일부가 흑마법사와 연루된 것을 잘 아시지 않습니까?"

"그러니 철저히 감시해야지."

카리엘이 그렇게 말하면서 윈스턴을 바라보았다.

"언제까지고 저렇게 둘 수는 없지 않나? 선대가 지은 죄로 계속해서 저리 놔둔다면 범죄자만 될 뿐이야. 기회를 주어서 죄를 씻고 나오게끔 한다면 자연스레 교화되지 않겠나?"

"이상에 불과할 뿐이옵니다."

"글쎄…… 그걸 세일럼에서 확인하면 되지 않겠나?"

카리엘이 그렇게 말하면서 귀족들을 둘러보았다.

설득은 끝났다.

어차피 재상이 있는 이상 완벽한 설득은 어렵다. 이럴 때는 그저 최소한의 명분을 만들고 밀고 나갈 수밖에 없다.

"후…… 폐하를 뵙고 왔다."

황제라는 최강의 패를 꺼내 들었다.

그러자 귀족들이 웅성거리기 시작했다. 그러자 윈스턴이 얼굴을 찌푸리며 말했다.

"귀족들을 무시하고 진행하실 생각입니까?"

"아니."

귀족들의 눈빛이 날카로워지자 카리엘이 단호하게 고개를 저었다.

"그리할 생각이었다면 이렇게 설득 같은 걸 하지도 않았겠지."

그 말에 카리엘의 스타일을 잘 아는 대신들이 무겁게 고개를 끄덕였다.

이미 중앙에서 카리엘을 겪어 본 귀족들 역시 고개를 주억거렸다.

"기회를 주게. 저들이 능력을 증명하고 제국의 체제에 동화될 수 있는 기회."

"후…… 지방의 귀족들이 반발할 것입니다."

"그들이 어떤 공을 세우더라도 지방 영주들의 권한을 뺏을 수 없을 거라고 약속하지."

영지를 가진 영주들의 권한.

그것을 지켜 준다는 말에 몇몇 귀족들이 고민하기 시작했다.

바로 그때 카리엘이 쐐기를 박았다.

"귀족들 중에 사생아를 만든 자들이 많다는 걸 알고 있다. 그들도 보내라. 능력이 있다면 알뜰하게 써 주마."

그제야 윈스턴도 더는 막을 수 없다는 듯 고개를 숙이며 물러났다.

깔끔하게 물러나는 모습을 보면 애초에 그 역시 딱 이 정도로 타협하길 원했음을 알 수 있었다.

'노련한 양반이군.'

고집스럽고 타협을 모르는 양반이지만 물러서야 될 때를 정확히 알았다.

무솔리니에 비하면 약간 처지기는 하나 나쁘지는 않았다.

최소한의 균형 정도는 잡아 줄 것 같으니까.

재상이 물러나니 다른 귀족들도 하는 수 없다는 듯 고개를 숙였다.

결국 모든 귀족들의 동의를 이끌어 낸 카리엘은 다시 한번 귀족들의 권리를 존중한다는 말과 함께 대전을 빠져나갔다.

"곧바로 가실 생각입니까?"

뒤따라 나온 월크셔 공작의 물음에 카리엘이 고개를 끄덕였다.

황제의 죽음이 머지않았기에 시간이 없었다.

항구를 발전시킬 계획만 세우고 곧바로 황궁으로 넘어와야 했다.

"동생 놈들에게 이것 좀 전해 주시오."

"이것이 무엇입니까?"

"앞으로 제국이 나아갈 방향."

그 말을 끝으로 동부 항구로 떠날 채비를 하러 떠나는 카리엘.

그의 뒷모습을 가만히 지켜보던 월크셔 공작은 데이비어 공작과 함께 서둘러 두 황자들을 만나러 갔다.

❊

오늘도 미리엘 황녀의 궁에는 두 황자가 모여 있었다.

"바로 떠나셨단 말입니까?"

"……예."

2황자의 물음에 고개를 숙이며 답한 월크셔 공작이 갑자기 떠나 서운해하는 2황자를 위로하는 대신 품속에서 카리엘이 맡긴 서신을 건네주었다.

"이건……."

"……이게 가능합니까?"

서신을 같이 읽은 3황자가 고개를 갸웃거리면서 물었다.

그러자 두 공작들 역시 모르겠다는 듯 고개를 갸웃거렸다.

카리엘의 계획은 굉장히 위험했다.

제국 내부적으로 봐도, 그리고 서대륙 전체로 봐도 위험했다.

하지만 성공만 한다면 제국은 안정을, 타국은 내부의 불안함을 떠안을 것이다.

"한 가지 확실한 건 하루라도 빨리 제국을 안정시키고자 하신다는 거군요."

데이비어 공작의 말에 테이블에 앉은 세 남자가 한숨을 쉬었다.

하루라도 빨리 황위를 내려놓겠다는 의지가 담긴 계획이었다.

"……돌아오시면 또다시 피바람이 불겠습니다."

"에휴……."

두 황자들의 한숨에 두 공작들은 쓴웃음만 지었다.

카리엘이 돌아오는 순간 고생길이 훤히 열릴 것이 눈에 보였기 때문이다.

그럼에도 불구하고 왠지 모르게 후련해 보이는 두 황자들의 모습에 공작들의 눈빛은 묘하게 변했다.

그렇게 황궁에서 두 황자와 공작들이 카리엘이 남겨 준 숙제를 보면서 한숨을 쉬고 있을 때, 카리엘은 다음 계획을 위해 바쁘게 움직이고 있었다.

"예정보다 너무 빠르다."

황제가 전생보다 너무 빨리 죽는다.

그것 때문에 카리엘의 계획이 죄다 꼬여 버렸다.

이제야 어째서 황제가 자신을 잡고 놓아주려 하지 않았는지 알 수 있었다.

아무것도 못하고 병석에 누워 있는 황제지만, 살아 있는 것만으로도 균형을 유지할 수 있었다.

그런 황제가 갑자기 죽는다면 제국은 갈라질 것이다.

그것을 막기 위해서 카리엘의 완전한 은퇴를 미뤄 왔던 것이다.

'시종장의 계책이겠지.'

정신이 온전하지 못한 황제가 매번 카리엘을 막아설 수는 없었을 것이다.

밑그림은 시종장이 그리고 황제는 정신이 온전할 때마다 명령을 내리면서 전체적인 그림을 완성했을 것이다.

"미치겠군."

카리엘이 미칠 것 같은 표정으로 머리를 헝클어뜨리며 비공선에 올라탔다.

차라리 미리 알았다면 좋았겠다고 생각했지만 이내 고개

를 저었다.

그럴 경우 아주 잠시 누렸던 행복마저 깨지기 때문이다.

'언젠가는 돌아간다.'

행복했던 그 시절로 돌아가기로 굳게 결심하며, 카리엘은 세일럼으로 향했다.

그리고 도착하자마자 모든 관료들을 불러 모았다.

"계획을 앞당겨야겠다."

"저하! 지금도……."

반론은 허용하지 않겠다는 듯, 고개를 가로젓는 카리엘.

그 모습에서 일이 잘못됐음을 깨달은 관료들은 얌전히 고개를 숙였다.

"현재 계획은 어디까지 잡혔지?"

"2년입니다."

"4년까지 늘린다. 그리고 기존 계획은 조금씩 앞당길 생각이야."

"지금도 인원들이 하루도 안 쉬고 일하고 있습니다."

"그러니 인원 충원을 해야지. 중앙에서 허락받고 왔으니 곧 몰려들 거야."

카리엘의 말에 관료들의 표정이 죽을 것같이 변했다.

노동자들이 몰려오는 것은 반길 일이지만 그들을 분류하고 적절한 곳에 배치하는 것은 그들이 할 일이다.

결국 일이 늘어다는 뜻이었다.

"관료들도 충원해 줄 테니 죽을상 그만하고 나가 봐. 아, 자네는 남게."

카리엘의 말에 마르크스 베버는 홀로 집무실에 남았다.

"해결은 봤다. 이 도시에 한해서라면 자유를 주지."

"아……."

"단! 증명을 해야 할 거야."

단호함이 깃든 카리엘의 음성에 마르크스가 침을 꿀꺽 삼켰다.

"그들이 능력을 증명하지 못하면 자유는 사라진다."

"그런……."

"잔인하겠지만 어쩔 수 없어. 이것이 내가 할 수 있는 최선이었다."

카리엘의 말에 마르크스는 그것만으로 충분하다는 듯 허리를 숙였다.

"감사합니다."

"내가 이곳에 머물 기간은 두 달. 그 안에 모든 것을 마무리해야 돼. 숨은 혁명가들을 더 부르든 범죄자들을 빠르게 집결시키든, 두 달 안에 무엇으로라도 증명해."

"……알겠습니다."

반드시 이 기회를 잡겠다는 듯 고개를 숙이는 마르크스를 보며 작게 고개를 끄덕인 카리엘은 나가 보라고 손짓했다.

그러자 뒤이어 타리온이 들어왔다.

"저하."

"일이 급해졌어."

그렇게 말한 카리엘이 중앙에서 있었던 일을 설명해 주었다.

"결국…… 이리되는군요."

"후…… 짜증 나는 상황이지만 어쩔 수 없지."

제국이 분열되면 안 된다.

이것은 카리엘의 욜로 라이프에 심각한 타격을 줄 수 있었다.

제국이 멸망한다면 아무리 얌전히 사는 카리엘이라도 결국 죽이려는 자가 나타날 것이다.

그렇기에 제국은 굳건해야 했다.

"얌전히 살려고 하는데 자꾸 건드네."

은퇴해서 얌전히 살겠다는데 세상이 그런 자신의 계획을 방해했다.

처음엔 흑마법사가, 이번엔 타국들이 방해했다.

그렇기에 다 치워 버릴 생각이었다.

"이참에 소국들을 쓸어 버리고, 남부나 성국도 우리를 신경 쓰지 못하도록 만들 생각이야."

다시 한번 결심하는 카리엘을 보면서 타리온이 무거운 표정으로 말했다.

"……아이론에서 불온한 움직임이 보인다는 첩보가 들어

왔습니다.”

“벌써?”

“예.”

타리온의 말에 카리엘은 잠시 고민하더니 뭔가를 적어 나갔다.

“남부를 조지기 전에 이 녀석들부터 처리해야겠네.”

카리엘의 계획에 뭔가가 추가되었다.

“타리온.”

“예.”

“올라가면 네가 정보부 수장을 맡게 될 거야.”

카리엘의 말에 타리온이 흠칫했다.

“참고로 황실 직속 그림자들을 정보부에 통합할 생각이다.”

“위험합니다.”

“이대로 따로따로 운영하는 건 효율이 개판이야. 그러니까 각오해. 중앙으로 올라가면 지금보다 더 바빠질 거야.”

카리엘의 말에 타리온의 얼굴이 사색이 되었다.

‘지, 지금보다 더 말입니까!’

타리온은 차마 입 밖으로 내지 못한 채 속으로 절규했다.

하지만 칭얼거릴 수는 없었다.

카리엘 역시 그 못지않게 일을 하게 될 것이 분명했기 때문이다.

"두 달 내로 이곳을 뜬다. 그리고 폐하가 돌아가시기 전까지 소국들을 정리할 생각이야."

"……빠듯하군요."

"해내야 해. 그다음 계획들도 만만하지 않으니까."

"예."

카리엘의 말에 타리온은 굳은 표정으로 고개를 숙였다.

책상에 놓인 카리엘의 노트.

그곳에 적힌 계획들을 보면 소국을 정리하는 것은 그저 사소한 장난에 불과했기 때문이다.

복귀하는 황태자!

세일럼으로 돌아온 카리엘은 무서울 정도로 일에 집중했다.

바빴던 그동안의 시간은 장난이었다는 듯 쉴 새 없이 몰아붙이면서 계획들을 진행시켜 나갔다.

신기한 건 일에 치여 죽을 것 같으면 한 명씩 사람이 충원되었다는 것이다.

그리고 그렇게 좀 해 볼 만해지면 또다시 일거리가 주어지면서 지옥이 끝나질 않았다.

몇몇 사람들이 반발해 보았지만, 소용없었다.

그래 봤자 일은 줄어들지 않았고, 해야 할 일들만 밀려날 뿐이었다.

"저하!"

"이번에도 반발했나? 추가 수당을 준다고 해."

"진짜 죽을 것 같다고 합니다."

"오전까지 일 다 끝내면 3시간. 사우나에서 휴식을 취할 수 있도록 해 준다고 해."

죽어 가는 관료들을 위해 설치한 사우나.

마도구까지 사용해서 만든 이것은 죽어 가던 관료들을 다시 쌩쌩하게 만드는 데 혁혁한 공을 세우고 있었다.

지구에서 목욕하고 사우나 한 번 하면 피로가 풀리던 것이 기억나 혹시나 해서 만든 것인데, 아주 큰 도움이 되었다.

결국 이 답을 듣고 싶었는지 고개를 숙이고는 등을 돌리는 타리온.

그 모습을 보고 생각보다 효과가 있다는 것을 확인한 카리엘이 묘한 미소를 지으며 중얼거렸다.

"중앙에 올라가서도 한번 만들어 봐야겠네."

열심히 반발하다가도 3시간 정도 사우나에서 쉬게 해 주면 다시금 와서 일하는 그들.

"커피까지 있으면 딱이긴 한데……."

전생에서도 찾아보고자 노력해 봤지만 끝내 찾을 수 없었다.

결국 그와 비슷한 것을 찾아서 마시고는 했지만 커피만큼은 아니었기에 아쉬움이 남았다.

'이번 생에는 남쪽 섬으로 무역을 확대해서 찾아볼까?'

그렇게 생각하면서 다시금 일에 집중했다.

그 와중에도 카리엘이 세일럼에서 떠날 시간이 시시각각 다가오고 있었다.

아직 항구의 모습을 완전히 갖추지는 못했다.

하지만 그동안의 시간이 헛된 것은 아니었는지 제법 그럴듯한 자태가 나오고 있었다.

"생일마저 반납하고 일했는데 이 정도는 되어야지."

본래 황자라면 그럴듯한 연회라도 여는 게 기본이었지만 관료들에게 박수만 받고 끝낸 카리엘의 생일.

그만큼 일이 넘쳐 났다.

1황자가 생일마저 반납하고 일하는데 그 누가 불만을 가질까?

워낙 일이 많았기에 가끔 불만이 나오고는 했지만 가장 위에 있는 자가 솔선수범하니 결국 다시 수그러들 수밖에 없었다.

"저하."

자신을 부르는 목소리에 카리엘은 일하다 말고 마르크스를 올려다보았다.

"대역 죄인들의 후손들을 전부 배치했습니다. 이건 그 보고서입니다."

"나쁘진 않네?"

카리엘의 평가는 나쁘지 않았다.

정말 그들 내부적으로 교육을 받았다는 말이 사실인 것이다.

하지만 이 정도로는 부족했다.

"……아직인가?"

멸문한 가문이 갖고 있던 기술.

아직 이들은 그것을 보이지 않고 있었다.

"예."

"있는 게 확실한가? 벌써 수십 년이 지난 곳도 많은데?"

카리엘의 물음에 마르크스가 확신에 찬 표정으로 고개를 끄덕였다.

"확실합니다."

"그럼 이자들이 이게 어떤 기회인지 모르는 거군."

죄인의 신분에서 벗어날 수 있는 유일한 기회. 그런 기회를 같잖은 기술을 보호하기 위해 발로 차고 있는 것이다.

"시간이 없어. 난 곧 올라가야 한다."

"설득하겠습니다."

"그래야 할 거야. 아니면 나도 이들을 버릴 수밖에 없으니까."

카리엘의 단호한 말에 마르크스가 고개를 숙였다.

그 역시 지금의 기회가 어떤 것인지 뼈저리게 알고 있었다. 1황자가 중앙과 싸워 얻어 낸 소중한 기회였다.

"혁명 세력은 어때?"

"그들도…….."

"배가 불렀군."

대부분의 혁명 세력은 카리엘의 의도대로 열심히 일하고 있었다.

하지만 모든 세력이 그런 것은 아니었다.

그들 중 일부는 도시에만 자신들을 가둬 두는 카리엘에게 반발하고 있었다.

이 도시가 완성되면 자신들을 다시 버릴 것이라고 주장하는 자들도 있었다.

"난 모든 이들을 안고 갈 생각이 없어. 이 기회를 놓치는 자들은 끝까지 데려갈 생각 없다."

"……예."

이미 마르크스에겐 후에 반드시 중앙으로 데려와 개혁을 이룰 것이라 약속해 놓은 상태였다.

그렇기에 애가 탔다.

옆에서 지켜본 카리엘은 약속한 것은 반드시 지켜 주고 있었다. 마르크스와 혁명 세력이 원하는 바를 최선을 다해 들어주고 있었다.

노동시간만큼은 제대로 지켜지지 않고 있었지만 그것도 지금의 상황을 보면 충분히 납득할 수 있었다.

그래서 더욱 미칠 노릇이었다.

그렇다 보니 카리엘에게 반발하는 세력에게 마르크스는 혁명을 잊어버린 카리엘의 충견이 되어 있었다.

"반발하는 건 상관없다. 하지만 선을 넘지 말라고 해."

"……예."

"마지막으로 일하지 않는 자는 이곳에 남을 자격이 없어. 반발하더라도 일은 하면서 하라고 전해."

"그리하겠습니다."

이제 정말 중앙으로 돌아갈 시간이 다가왔다.

전날 그림자로부터 전해 들은 소식으로는 위급한 상황까지 갔다고 했다.

그렇기에 더는 이곳에서 뭉개고 있을 시간이 없었다.

혁명가들과 죄인들에게 최후통첩을 날린 카리엘은 관료들과 세일럼을 비롯한 분쟁 지역 일대의 발전 계획을 마무리해 갔다.

처음에 막막해 보이던 계획도 계속해서 수정하면서 늘려 나가니 어느새 막바지에 도달했다.

결국 다음 날 저녁쯤 마지막 계획을 완성한 관료들은 일제히 환호했다.

"끝났군."

매일같이 밤늦게까지 남아 고생한 덕분에 빠른 시간 내에 세일럼의 발전 계획을 완성할 수 있었다.

"고생했다. 내일 하루는 푹 쉬도록. 노동자들도 내일 하루는 쉬라고 해."

"와!"

"타리온에게 말해 둘 테니 술이나 음식은 걱정하지 말고 먹도록. 내일 하루만큼은 축제라고 생각하고 즐겨."

그렇게 말한 후 조용히 빠져나온 카리엘은 침침한 눈을 껌뻑거리면서 밤하늘을 올려다보았다.

"결국 버려야 하나?"

아쉽긴 했다. 하지만 다급한 상황에서 질질 끌 수는 없는 법.

버리기로 마음먹고 움직이려 할 때였다.

"저하."

"응?"

"저하를 뵙고자 청하는 이들이 있습니다."

카리엘을 보고자 찾아오는 이들.

타리온을 따라간 곳에는 대역죄를 지은 가문들의 후손들이 서 있었다.

"저하를 뵙습니다. 소인은 베이커라 하옵니다."

"저하를 뵙습니다. 소인은 쿠리우스라 하옵니다."

"저하를 뵙습니다. 소인은 튜링이라 하옵니다."

이름조차 허락되지 않은 이들.

평생을 죄를 지은 자의 이름으로 살아야 되는 이들이 고개를 숙이며 인사했다.

"⋯⋯유명한 이들이 찾아왔군."

전생에 황제로 있을 시에 들어 보았던 이들.

마법이 장악한 제국에서 공학의 꽃을 피워 보려 했던 인물, 하지만 불순한 사상으로 역적으로 몰린 튜링.

연금술사들의 수장이었으나 주술에 손대서 흑마법사로 몰린 쿠리우스.

대포와 머스킷을 만들었으나 반역자와 손잡아 멸문한 베이커.

이들이 카리엘을 찾아온 것이다.

"난 방금 전 그대들을 전부 버리려 했었다."

카리엘의 말에 고개를 숙인 세 남자가 몸을 떨었다.

"그래도 찾아왔으니 들어는 보지. 내가 그대들을 중용해야 할 이유를 말하라."

약간 늦었으나 그 정도는 용기를 낸 것을 감안해 봐줄 수 있었다.

처음엔 머뭇거렸으나 그들도 이것이 마지막 기회인 것은 알았는지 그들이 갖고 있는 것들을 하나둘 말하기 시작했다.

마도포와 마도구에 밀린 무기들은 화약을 통해 쓰임새를 넓힐 수 있었고, 연금술사는 화학으로, 공학은 카리엘이 반드시 제대로 부활시키려 한 것이었다.

분명 오랜 시간이 지났기에 사라져 버릴 줄 알았는데 명맥이 이어지고 있었다.

조금이지만 발전한 부분도 있었다.

광산이나 험지에서 실험해 보면서 무기가 아닌 민간에 도움이 될 기구들도 만들어 냈기 때문이다.

"재밌군."

카리엘은 미소를 지으면서 눈앞의 인재들을 바라보았다.

"이곳에서 그대들이 가진 것을 증명해라. 그럼 반드시 그대들이 짊어진 굴레를 벗겨 주도록 하지. 이는 나 카리엘 프레드리히 폰 블레이저가 명예를 걸고 약속하는 것이다."

그렇게 말한 후 타리온에게 따로 계약서를 가져와 작성하게끔 했다.

구두 약속은 못 믿을 수 있으니 아예 계약서까지 작성해 버린 것이다.

"오늘 있었던 일을 가서 알려라. 하나 기회가 주어지는 것은 그대들까지. 나머지는 스스로 증명한다 해도 그대들처럼 바로 중용하진 않을 거다."

한마디로 지금 이 자리에 있는 이들이 카리엘이 마지막으로 선택한 이들이라는 뜻이었다.

아무리 인재가 급하다고 하더라도 이처럼 곧바로 쓰일 가능성은 없어졌다.

그러나 기회는 준다.

이들을 중용하면서 점차 기회를 주는 모습을 보여 주면 스스로 기술을 뱉어 내는 이들이 나타날 터.

그럼 그때 가서 그들을 쓸지 말지 결정하면 될 일이다.

"이것으로 여기서 할 일은 끝났나?"

"고생하셨습니다."

"고생은 중앙에 가서 더 하겠지."

어느새 다가온 타리온의 말에 카리엘이 쓴웃음을 지으며 말했다.

내일 쉰다는 발표에 여기저기서 환호성을 질러 대는 사람들을 보며 카리엘이 미소를 지었다.

"휴식이라……. 부럽네."

순수하게 휴식에 기뻐하는 사람들을 가만히 바라보던 카리엘은 잠들기 위해 자신의 방으로 향했다.

※

다음 날, 새벽같이 일어난 카리엘은 고위 관료들을 불러 모았다.

오늘 쉰다는 생각에 밤새 달린 관료들이 퀭한 눈으로 카리엘의 앞에 섰다.

"오늘부로 난 중앙으로 올라간다."

카리엘의 발표에 멍한 표정으로 있던 관료들의 눈이 큼지막하게 떠졌다.

"이렇게 갑자기 말입니까?"

"그래. 중앙의 상황이 좋지 않기에 여유 부릴 시간이 없군."

그렇게 말하면서 쓰게 웃은 카리엘은 마르크스를 바라보았다.

"그대에게 임시로 이곳을 맡기지."

"저, 저하!"

"반론은 불허한다. 간간이 이곳의 보고를 받을 생각이니 방심하지 말고 열심히 일하도록."

그 말을 마지막으로 타리온에게 눈짓한 후 움직였다.

곧바로 비공선이 마련된 곳으로 향한 카리엘은 홀로 중앙에 갔을 때와는 달리 황궁 기사들과 시종들을 전부 데리고 비공선에 올랐다.

동부 사령부에서 카리엘을 위해 임시로 마련한 임시 정거장에서 비공선이 떠올랐다.

"세일럼……."

전생에선 가지지 못했던 동부의 항구.

이 자그마한 도시 하나가 제국을 위대하게 만들어 줄 것이라 생각하니 새삼 놀라웠다.

아직은 준비 단계였으나 세일럼으로 연결되는 철도와 정비된 도로는 제국을 한층 더 발전시킬 것이다.

하나 이 도시를 지키기 위해선 준비해야 할 게 많았다.

"내가 키운 도시가 애먼 놈한테 들어가는 꼴은 못 보지."

카리엘의 중얼거림을 들은 타리온이 빙그레 웃었다.

한 번 말한 것은 웬만하면 지키는 편인 카리엘이기에 이 도시는 무사할 것이다.

***

그렇게 애증의 산물인 세일럼을 뒤로하고 중앙에 도착하자 카리엘을 반기는 황궁 기사들.

저번과 달리 양옆으로 도열해서 카리엘을 향해 머리를 숙이고 있었다.

"가자."

"예!"

마치에 오른 카리엘을 호종하는 황궁 기사들.

정식으로 중앙에 복귀하는 것을 기념하듯 중앙군 기사단까지 파견되어서 카리엘을 양옆에서 호종했다.

화려한 복귀와 함께 황궁에 들어선 카리엘은 곧장 대전으로 향했다.

그러자 기다리고 있었다는 듯, 대전 안에서 황태자를 상징하는 패와 임시로 황제의 권한을 행사할 수 있는 홀을 나눠 들고 있는 동생들.

"1황자 카리엘 프레드리히 폰 블레이저는 들어라."

"예!"

황제를 대신하여 나온 두 황자 앞에 무릎을 꿇은 카리엘.

그런 그에게 윈스턴이 황제의 명을 전했다.

"1황자는 다시 황태자에 복위하라. 이는 짐의 지엄한 명령이니 거절은 허락할 수 없느니라."

"폐하의 명을 받잡습니다."

황태자를 상징하는 황금패를 받은 카리엘에게 다시금 재상이 말했다.

"짐의 병환이 심상치 않아 황태자에게 짐의 권한을 위임하니 모든 대신들과 귀족들은 황태자의 명을 짐의 명령과 동일하게 생각하라."

그 말과 함께 황제의 홀을 건네주는 세리엘.

홀을 받아 든 카리엘은 묘한 표정으로 한참이나 그것을 바라보았다.

결국 다시 받고야 만 홀.

그토록 피하고자 했던 것을 다시 받았기에 묘한 감정이 생겼지만 곧바로 상념을 지워 냈다.

지금은 감상에 젖어 있을 때가 아니었기 때문이다.

"황태자로서 첫 명령이오. 폐하의 핏줄을 사칭한 데릭을 반역자로 명하겠소. 그를 따르는 자는 모두 역적이며 그를 지원했던 세력은 제국의 주적이 될 것이오."

싸늘한 표정을 지으며 카리엘이 명하자, 대전 안에 있던 모든 이들이 무릎을 꿇으며 외쳤다.

"명을 받듭니다!"

✻✻✻

1황자가 수도에 돌아오는 바로 그날, 황태자가 된 것도 충격적인데 황제의 권한을 위임받았다.

그런데 막강한 권력을 가지고 내린 첫 번째 명령이 바로 주적을 설정하는 것.

언제나 그렇듯 적이 있다고 곧바로 토벌군을 이끌고 나갈 수는 없었다.

안에 숨어든 쥐새끼부터 처리해야 하는 법.

그것을 위해 모두가 재빠르게 움직였다.

시작은 수도에 있는 각 상단들이었다.

"갑자기 이러시면……."

"전하의 명이오."

갑작스럽게 들이닥치는 감찰부.

그동안 의심해 왔던 상단들을 털기 시작하자, 치안대 역시 눈감아 주고 있던 조직들을 털었다.

'데리엘'이라 불리는 반란 세력의 구심점과 연결되어 있는 지라 차마 건드리지 못했던 곳들.

그런 곳들을 카리엘이 '직접' 처리하라 명한 것이다.

그러자 수도에 사는 모든 사람들은 예전에 느꼈던 감정을 다시금 느끼기 시작했다.

"아무래도 우리가 실수한 것 같소."

"후…… 태자 전하를 다시 불러들인 게 맞는 것인지……."

혼란에 빠진 제국을 진정시키기 위해 카리엘이 황태자로 복권시키는 것에 찬성했던 귀족들.

그런 귀족들이 지금은 그 결정을 후회하기 시작했다. 은퇴를 위해 만만한 모습을 보였던 황태자가 아닌, 눈이 뒤집혀서 황제파를 쓸어 버렸던 황태자의 모습으로 돌아왔기 때문이다.

그러자 귀족회가 기존에 계획했던 것들 역시 모두 수포로 돌아갔다.

처음 귀족회의 분위기는 카리엘이 돌아오면 귀족들의 권리를 위해서 다시금 물고 늘어지려는 것이었다.

범죄자들과 혁명 세력을 약점 삼아 카리엘을 길들여 보려던 귀족회.

하지만 이제는 상황이 달라졌다.

당장 자신들과 연관된 상인들 중에 소국들과 거래하는 자들이 있는지 살펴봐야 할 처지가 된 것이다.

혈태자!

카리엘이 수도를 떠난 후 머릿속에서 사라졌던 그 이름이 다시 떠오르기 시작했다.

그러자 귀족들이 갈라지기 시작했다.

명분을 쥔 카리엘이 얼마나 무서운 사람인지 아는 중앙 귀족들은 몸을 사렸고, 동부와 북부 귀족들은 침묵했으며, 서부귀족들은 방관했다.

　자신들과 상관없었기 때문이다.

　오직 남부 귀족들만이 발등에 불 떨어진 것처럼 바삐 움직였다.

✳

　모두가 바쁘게 움직이는 동안 카리엘은 황태자 궁으로 향했다.

　"그동안 잘 놀았지?"

　1황자 궁에서 다시금 황태자 궁이 된 그곳에 한창 연구 중이던 친위대가 전부 모였다.

　동부에 있으면서도 친위대에 대한 보고는 간간이 받아 왔는데, 나름 열심히 일하고 있었다.

　"오자마자 부려 먹으시는군요."

　아르슈나가 툴툴거리자 다들 동의한다는 듯 고개를 끄덕였다.

　"밥값은 해야지. 그동안 쓴 돈에 비해 성과가 별로 없더만."

　카리엘의 뼈를 때리는 말에 모두들 헛기침하며 고개를 돌렸다.

"그리고 궁에 갇혀서 연구만 하느라 몸도 쑤실 거 아니야. 오랜만에 몸 좀 풀어야지."

그렇게 말한 카리엘은 친위대 전원에게 황궁 기사들을 이끌 수 있는 권한이 담긴 패를 건네주었다.

"황궁 기사 1개조와 중앙군 1개 부대를 이끌 수 있는 권한이야. 가서 박살 내고 와."

"예."

카리엘의 명령에 과거 그를 혈태자로 만들었던 친위대가 움직이기 시작했다.

그러자 마지막까지 반신반의하던 귀족들이 마침내 패닉에 빠졌다. 신문사들 역시 일제히 혈태자의 복귀를 알리며 피바람을 예고했다.

❈

그렇게 카리엘이 잠자고 있던 칼을 휘두르는 동안 황궁 내부 역시 그의 매서운 눈을 피해 가지는 못했다.

곧바로 각 부처에서 일하던 대신들을 황태자 궁으로 불러 모은 것이다.

"정보부를 개편하고자 한다."

"개편이라 하오시면……?"

군부대신이 조심스럽게 묻자 카리엘이 대신들에게 개편안
을 던져 주었다.

　"신인 정보부장으로 타리온을 임명할 생각이다. 동시에 황
궁 직속 그림자들을 소수만 제외하고 전부 정보부의 특수부
대로 합칠 계획이다. 기존에 있던 특수부대에게는 외부를,
그림자들에게는 제국 내부를 담당시킬 생각이야."

　황족과 귀족들이 대립하면서 만들어 낸 조직들을 합친 것
이다.

　"전하, 폐하께오서 허락하시겠습니까?"

　"안 그래도 폐하한테 물어보니 알아서 하라고 하시더군."

　"그런……."

　"쉽지 않은 건 알지만 어쩔 수 없어. 각 부처에서 따로따로
정보가 올라와서 그것들을 취합하는 것만으로도 엄청난 시
간이 소요되고 있어. 거기다 가뜩이나 인력도 부족한데 똑같
은 정보를 몇 명이나 올리고 앉았잖아."

　카리엘이 짜증 내는 표정으로 말하자 다들 고개를 숙였다.

　하지만 여전히 걱정스러운 표정을 짓고 있는 군부대신.

　그런 군부대신을 위해 카리엘이 말을 이었다.

　"군부까진 건드릴 생각 없어. 하지만 정보부만큼은 통합해
야 돼."

　"……알겠습니다."

　"감찰부와 치안부에도 정보부 요원 일부를 파악해서 쓸데

없는 시간 낭비를 줄여 볼 생각이다."

한마디로 정보에 관한 것은 이제부터 정보부에 전적으로
일임하겠다는 뜻이다.

그리고 각 파벌들의 사정으로 중구난방으로 만들어졌던
정보 라인. 그것을 개편되는 정보부에 통합해 버리겠다는 것
이었다.

"그리고 군부 역시 각 사령부 직속으로 특작부대를 만들고
정보부를 연결시켜."

"……되겠습니까?"

"해야지. 지금처럼 중구난방으로 이뤄지니 소국 연합 하나
제대로 진압 못 하고 질질 끄는 거잖아."

카리엘이 혀를 차면서 말하자 대신들이 고개를 숙였다.

모두들 할 말이 없었기 때문이다.

반란군을 제압 못 하는 건 이해가 간다.

황제의 자식일지도 모르는 자인 데다, 여러 사안들과도 얽
혀 있었기 때문이다.

황제가 아니라고 했지만 '혹시나' 하는 생각에 건들기 애매
했기에 일부러 카리엘이 돌아올 때까지 의도적으로 뭉갠 것
이었다.

하지만 소국 연합은?

남부 강국들이 돕는다고 하더라도 그뿐이다. 대군을 일으
켜 그들부터 쳤다면 진즉에 박살 났을 것이었다.

그러나 각 부처마다 사정이 있었고, 두 황자들은 그들의 말을 하나하나 들어주면서 일을 처리하다 보니 질질 끌어 버린 것이다.

"정보부에 관해서는 재고할 생각 없어. 명심해."

"……예."

확실히 못 박은 카리엘이 걱정스러운 표정을 짓는 대신들에게 말했다.

"지금 당장 더 일을 벌일 생각은 없어. 현재 상황에서 가장 중요한 건 소국 연합을 쓸어 버리면서 반란군도 진압하는 것이다."

그렇게 말한 카리엘은 곧바로 정보부 개편을 위해 대신들을 움직였다.

동시에 감찰부와 치안부를 움직여서 수도에 숨어든 반란군 세력들을 잡아내었다.

조금 틈을 보였다고 그새 바퀴벌레처럼 숨어든 쓰레기들을 모조리 색출해 내면서 중앙을 안정시켰다.

이제 남은 건 벌레들을 직접 퇴치하러 밖으로 나가는 것뿐이었다.

어느 정도 내부가 정리되었다 싶어진 카리엘은 곧바로 대전 회의를 열었다.

아직 수도에 남아 있는 변경백들까지 전부 소환한 카리엘은 황좌에 다리를 꼬고 앉아 팔걸이에 턱을 괴었다.

"후…… 솔직히 실망했소."

황태자가 된 후 정식으로 모든 주요 귀족들을 불러 모은 자리에서 대놓고 속내를 드러낸 카리엘.

한숨까지 쉬면서 혀를 차자 가장 앞줄에 선 두 황자들부터 고개를 숙였다.

"하나하나 사정을 봐주면서 일을 처리하면 일은 점점 늘어지는 법. 뭐, 동생들이야 아직 어리니 이해할 수 있소."

카리엘은 대놓고 두 황자들에게 눈길을 준 뒤 대신들을 노려보았다.

"그러나 알 만한 사람들이……."

분노해서 얼굴을 일그러뜨리자 귀족들은 카리엘의 눈을 피해 고개를 숙였다.

"후…… 뭐 복잡한 상황이니 이해하고 넘어가겠소, 지금부터라도 처리하면 그만이니."

그렇게 말한 카리엘은 자리에서 일어나 변경백들을 불렀다.

"시카리오 후작은 지금부터 성국이 제국에서 헛짓거리 못하게 완전 봉쇄하시오."

"그리하겠습니다."

"방랑 사제라 칭하는 이들까지 전부! 아시겠소?"

"예, 전하."

시카리오 후작이 고개를 숙이며 답하자 카리엘은 이번엔

서부 변경백을 바라보았다.

"미켈 후작."

"예, 전하."

"아이론과 '협력'해서 서부의 치안을 확실히 안정시키시오."

카리엘의 말뜻이 무엇인지 짐작한 미켈은 조용히 고개를 숙였다.

공식적으로는 '협력'이지만 아이론이 쓸데없는 짓 못 하게 압박하라는 뜻이었다.

대전 회의라는 공식 석상에서 이런 식으로 말한다는 것 자체가 '너희들이 뭔 짓을 하는지 알고 있으니까 조심해!'라고 경고하는 것이나 다름없었다.

"남은 건 남부뿐이군."

그렇게 말한 카리엘이 두 변경백을 바라보았다.

"로칸 공."

"예, 전하."

"동부군과 함께라면 남부의 두 왕국, 막을 수 있겠소?"

카리엘의 물음에 로칸 바르사유가 곧바로 답하지 못하고 생각에 잠겼다.

"……막지는 못할 것입니다. 하오나 일이 끝날 때까지 시간을 벌 수는 있을 것입니다."

바르사유 후작의 말에 카리엘이 고개를 끄덕였다.

희대의 명장이 불리는 로칸 바르사유와 제국에서도 손꼽히는 기사단을 보유한 동부군이 함께 견제한다면 어느 정도 시간을 벌 수 있을 것이라 생각했다.

허언이 없기로 유명한 로칸 후작이 직접 일이 끝날 때까지 버틸 수 있을 것이라 했으니 남은 건 혼란스러운 제국을 정리하는 것뿐.

"노펠 후작은 동부군을 분쟁 지역으로 전진시키시오. 탈로스의 제1검이 직접 군을 이끌고 올 수 있도록 압박해야 하오."

"그리하겠습니다."

"로칸 후작 역시 로테온의 주력 병력을 접경 지역에 배치시킬 정도로 압박하시오."

"예! 전하."

두 변경백에게 명확히 명령을 내려 주었다.

남은 건 저들이 알아서 할 일.

"이제 남은 건 소국 연합과 반란군뿐이군."

그렇게 말한 카리엘은 귀족파의 거두들을 바라보았다.

"데이비어 공작."

"예, 전하."

"날 다시 황궁에 불러들인 것을 어느 정도 손해 볼 각오를 하셨다는 뜻으로 해석해도 되겠소?"

"명만 내려 주십시오."

"윌크셔 공작, 그대는?"

"소신 역시 마찬가지이옵니다."

두 공작이 고개를 숙이며 말하자 카리엘은 작게 고개를 끄덕였다.

"데이비어 공작, 그대에게 중앙군 2개 군단을 지휘할 권한을 주겠소. 마찬가지로 윌크셔 공작, 그대에게도 역시 중앙군 2개 군단을 이끌 권한을 주겠소."

"저, 전하! 중앙군의 군단들을 그렇게 보내 버리면 수도가 위험해지옵니다!"

군부대신이 사색이 되어 말하자 다른 귀족들 역시 웅성거리기 시작했다.

무려 4개의 군단이 나간다. 사실상 중앙군 대부분이 차출되는 것과 다름없었다.

수도 방위를 위한 군단을 제외하면 대부분 쪽정이들뿐. 그들을 다 모아 봤자 겨우 1개 군단을 만들 수 있을 뿐이다.

"수도 방위를 위한 군단이 있다. 또한 황궁 직속 부대 역시 있을 것인데 무엇이 두렵지?"

카리엘의 말에 군부대신이 입을 벙긋거리면서 아무 말도 하지 못했다. 그러자 자연히 귀족들의 입도 닫혔다.

이론적으로는 맞는 말이긴 했다.

정예 군단이 남아 있고 쪽정이들이긴 하지만, 1개 군단에 가까운 병력이 중앙에 남아 있다. 거기다 황궁 직속부대 역시 수도를 지킬 것이니 여전히 안전한 건 맞았다.

하지만 만약이라는 것이 있으니 귀족들 입장에선 불안할 수밖에 없었다.

"이 정도 각오도 없이 적들을 토벌하려 했나?"

카리엘이 미간을 찌푸리며 말했다.

자신들의 안전을 위해서 병력들을 품고만 있으니 아무것도 안 되는 것이다.

그걸 이용해 성국과 남부의 왕국들이 자꾸만 선을 넘는 것이고.

"나를 다시 이 자리에 앉혔다는 건 이 사태를 해결하라는 뜻일 터."

반론은 허용하지 않겠다는 듯 말한 카리엘은 다시금 두 공작을 바라보았다.

"두 공작에게 4개 군단을 지원해 주었소. 남은 건 귀족들이 힘을 모아야 할 터. 가능하겠소?"

"부족한 병력은 소신들이 채우겠습니다."

데이비어 공작의 대답에 카리엘은 만족스레 웃으면서 고개를 끄덕였다.

"좋소. 그럼 데이비어 공작은 소국 연합을, 월크셔 공작은 반란군을 진압해 주시오. 각 중앙군의 2개 군단은 동생들에게 맡기겠소."

각 파벌의 병력들은 공작들이 직접 지휘하고, 중앙군은 황자들에게 지원하게끔 해서 이원화할 생각이다.

명색이 중앙군인데 귀족파의 수장이 지휘하게끔 둘 수 없었다.

그러자 중립파 귀족들의 불편했던 표정이 풀어졌다. 변경백들과 중앙군은 중립파의 핵심 군벌이었기에 그들을 두 공작들이 지휘하는 게 내심 불편했던 것이다.

"기간은 두 달. 가능하겠소?"

"그 안에 돌아오겠습니다."

자신감을 보이는 월크셔 공작.

그러자 데이비어 공작 역시 고개를 숙이며 말했다.

"한 달 안에 연합군을 박살 내고 승전보를 전하겠습니다."

두 공작의 자존심을 건 싸움이 시작되자 만족스러운 얼굴로 고개를 끄덕였다.

"기대하지."

이번엔 실망시키지 말라는 듯 대신들과 귀족들을 한번 쳐다본 카리엘은 무서운 기세를 내뿜으며 대전을 빠져나갔다.

×

얼마 지나지 않아 적들을 쓸어 버리기 위한 출정식이 열렸다.

각 변경백들은 주변 국가들을 막기 위해 빠르게 각 사령부로 움직였으며, 두 공작과 두 황자가 2개의 군대를 이끌고 수도를 빠져나갔다.

그러자 데릭을 '데리엘 황자'라 믿는 제국민들이 반발했다.

그런 그들에게 개편된 정보부 수장이 된 타리온이 첫 임무를 수행했다.

"전하, 정말 괜찮겠습니까?"

"이런 건 확실히 하는 게 좋아."

"하오나 황실의 권위가……."

타리온이 걱정된다는 듯 말하자 카리엘이 피식 웃었다.

"어차피 황실 이미지는 지금도 개판이야. 똥통에 똥 좀 더 묻는다고 달라질 거 없어."

데릭을 반란군으로 완벽하게 규정할 수 있는 손쉬운 방법이 있는데 굳이 돌아갈 필요는 없었다.

단호한 카리엘의 모습에 타리온이 한숨을 쉬며 고개를 숙인 후 밖으로 나섰다.

개편된 정보부.

그곳의 수장이 된 타리온이 처음으로 공식 석상에 섰다.

"반란군의 수장 데릭, 그는 폐하의 자식이 아닙니다."

타리온의 말에 그곳에 모인 귀족들과 기자들이 숨을 죽이며 다음 말을 기다렸다.

겨우 이 말을 하려고 이곳에 모두를 모이게 한 것은 아닐 테니까.

"다만…… 황족은 맞습니다."

타리온이 그 말을 하면서 정말 이걸 발표해야 하나 싶은 표정을 지었다.

끝까지 고민하던 타리온이 떨리는 음성으로 말을 이었다.

"그의 정체는 황비마마와 벨푸르스 가주 사이에서 태어난 사생아입니다."

검을 뽑아 든 혈태자!

타리온의 충격적인 발표는 수도를 크게 뒤흔들었다.

사람 사는 곳은 다 비슷하기 마련.

불륜, 비밀 같은 이슈에 관심이 많은 귀족들은 순식간에 이 이슈를 퍼뜨려 나갔다.

단 하루 만에 데릭에 관한 사실이 수도 전체에 퍼져 나갔다. 사실 이 정도했으면 그만이다. 어느 정도 명분은 쥐어졌으니까.

하지만 카리엘은 확실하게 하고자 황실의 비사를 더 풀어냈다.

-황실 비사의 주인공 데릭. 그의 비밀은?

무려 황실 공영신문에 거창한 제목으로 나온 비밀.

현 황제의 동생과 미리엘의 어미인 3황비.

본래 이들은 연인이었다.

하지만 현 황제는 상계에서 이름을 날리는 3황비의 가문과 동생이 결합된다면 추후 자신에게 위협이 될 가능성이 높았다.

그렇기에 균형을 맞춘다는 미명 아래 중립파의 대표 격으로 3황비와의 혼인을 추진했다.

중립파의 거두인 시카리오 후작가 출신의 황후가 죽었기에 명분까지 있었다.

그 이후는 누구나 알고 있듯 위협이 되었던 동생은 벨푸르스 가문과 혼인했고, 황비는 미리엘을 낳고 얼마 못 가 죽음을 맞이했다.

동화에서나 나올 법한 비극적인 이야기.

악당은 현 황제였고, 주인공은 벨푸르스 가주와 3황비여야 했다.

하지만 이들은 선을 넘었다.

타리온은 모든 비밀을 밝히면서 다시 한번 기자들 앞에서 강력하게 말했다.

"전하께서 말씀하시길…… '사정은 딱하지만 흑마법사와 손잡고 반란을 주도한 벨푸르스 가문과 데릭은 절대 용서할 수 없는 대역 죄인이다.'"

타리온의 말에 기자들이 웅성거리기 시작했다.

몇몇 이들은 너무한 거 아니냐고 말했다.

하지만 타리온은 표정 변화 없이 다시금 말을 이어 나갔다.

"'폐하께선 과거의 과오를 통감하며 몇 번이나 기회를 주셨다. 더 이상의 자비는 기대하지 말라!'라고 하셨습니다."

그렇게 말하며 손으로 한 장의 문서를 들어 올렸다.

원한다면 데릭을 벨푸르스 가주의 아들로 정식으로 인정한다는 글과 '황족'으로 인정한다는 내용이 적힌 증서.

거기에 짧지만 황제의 사과문도 포함되어 있었다.

타리온의 발표에 데릭을 불쌍하게만 보던 여론이 바뀌기 시작했다.

사정은 딱하지만 무려 제국의 황제가 손수 사과문까지 작성했음에도 무시한 것이다.

그러자 감춰 왔던 진실이 보였다.

데릭이 '4황자'라는 신분에 집착했던 이유와, 혼란을 의도적으로 길게 끌고 왔던 이유가.

"데릭에 관한 발표는 이것으로 끝입니다. 현 시간부로 반란군에 협조하는 모든 세력은 참형에 처해질 것입니다."

그렇게 말한 타리온이 회견장 밖으로 나갔다.

그제야 웅성거리는 기자들.

"4황자에 집착하는 게 이상하네."

"그러게. 흑마법사와 연관이 있다더니 제국을 무너뜨리려는 생각일까?"

분면 그의 사정은 딱했다.

하지만 거기까지.

자신들의 소중한 보금자리를 무너뜨리려는 자에게 더 이상의 자비나 동정심 같은 것은 없었다.

기자들의 이런 생각은 곧바로 기사로 작성되었고, 그것을 보는 제국민들 역시 비슷한 생각을 했다.

-데릭! 그자가 진짜 원하는 것은 제국의 혼란?

-흑마법사의 하수인에 불과한 데릭. 그는 영웅이 아니다.

신문사들이 연이어서 데릭에 대해 부정적인 이야기를 늘어놓으면서 여론은 서서히 바뀌어 갔다.

바로 그때 카리엘이 직접 나섰다.

"억울하다면 홀로 수도로 오라. 그대가 원하는 바를 들어보겠다. 또한 지금 멈춘다면 반란군에 대한 모든 죄를 사해주겠다."

마지막 자비를 베푸는 것 같은 카리엘의 발표.

하지만 반란군에선 어떠한 반응도 없었다.

그 시점에서 갈팡질팡하던 제국민들은 온전히 카리엘에게 돌아섰다.

이제 데릭은 반란군의 수장일 뿐 더 이상 동화 속 주인공
이 아니었다.

⚜

"여론이 바뀌었습니다."

타리온의 보고에 카리엘이 작게 고개를 끄덕였다.

부끄러운 과거.

데릭이나 벨푸르스 가주가 풀었다면 혼란이 예견되었을
가능성이 높다.

하지만 황실이 먼저 풀어 버리면서 이미 몇 번이나 기회를
주었음을 강조하며 저들의 의도를 은연중에 드러냈다.

"폐하를 설득한 시점에서 사실상 명분은 끝난 셈이지."

명분을 쌓기 위해 황제를 만났고 모든 이야기를 들은 카리
엘은 황제의 비사를 공개하기를 원했다.

과거의 과오를 들춰내는 것은 죽음을 앞둔 황제라 해도 쉽
지 않은 결정이다.

하지만 카리엘은 기어코 황제를 설득했다.

강력한 명분을 쥐고 저들을 동화 속 주인공이 아닌 반역자
들로 몰아가겠다고. 동시에 황제가 그런 결정을 할 수밖에
없었던 이유 역시 제국민들에게 충분히 설명하겠노라 약속
했다.

그 덕에 겨우 황제의 허락을 받아 낼 수 있었고, 현 상황에 이를 수 있었던 것이다.

'데릭이 예상했던 것보다 더 큼지막한 놈인 건 놀랍지만 거기까지지.'

카리엘이 전생에 얻은 정보는 데릭이 진짜 '황족'이라는 것뿐이었다. 황족의 특징을 전부 갖고 있었고, 무엇보다 황족 특유의 마력 파장까지 갖고 있었다.

하지만 4황자가 아니라는 것을 알 수 있었던 이유는 후에 발견된 황제의 일기장 때문이었다.

정식으로 혼인한 황후와 황비들을 제외하곤 자식들을 낳지 않았다는 것.

자신의 사생아라 소문난 이들에 대한 억울함이 담겨 있었기 때문에 알 수 있었다.

'뭐…… 그렇다고 좋은 건 아니지만……'

쓸데없는 데에 씨를 뿌리지 않았다는 것은 잘한 일이지만 평가가 좋아지지는 않을 것이다.

어찌 되었든 동생의 여인을 가로챘다는 사실은 변하지 않기 때문이다.

'나와는 상관없는 일이지.'

황제의 평가가 수직하락하고 황실의 권위가 추락하고 있었지만 그게 카리엘에게 영향을 미치지는 않았다.

여전히 카리엘에 대한 제국민들의 신뢰는 굳건한 덕이었

다.

"후…… 어찌어찌 일은 해결됐네. 이제 토벌군이 흔들리는 일은 없겠지?"

"그럴 겁니다."

타리온의 대답에 카리엘은 만족스럽게 고개를 끄덕였다.

카리엘이 가장 걱정했던 것.

그것은 반란군의 세 치 혀로 토벌군을 흔드는 것이었다. 그걸 막기 위해 황실의 비사까지 풀었으니 그가 할 일은 끝난 것이다.

이제 남은 것은 월크셔 공작과 동생이 최대한 빨리 토벌하는 것뿐이었다.

"성국은?"

"아직 움직임은 없습니다."

타리온의 보고에 카리엘은 작게 고개를 끄덕였다.

시카리오 후작이 전력으로 병력을 운용하고 있으니 성국도 쉽게 움직이긴 힘들 것이다.

서부 역시 마찬가지였다.

대륙 최강을 다투는 제국의 서부 함대가 집결하기 시작했으니 아이론도 눈치를 보기는 할 것이다.

문제는 남부였다.

"탈로스와 로테온의 병력들이 접경지역으로 이동 중이라고 합니다."

"마스터들은?"

"아직까진 움직임이 없습니다."

타리온의 보고에 카리엘이 또 다른 보고서를 읽어 나갔다.

"해적들 때문인가? 예상외로 심대한 타격을 입고 있네."

해적들에 의한 피해가 누적되면서 탈로스와 로테온 둘 다 심대한 타격을 입고 있었다.

이미 해군을 모아서 대응하고 있지만 쉽지 않았다.

뿌리를 뽑으려면 아이사 군도까지 가야 했으나, 그러기 위해선 엄청난 병력이 필요했다.

하지만 제국이 공세적으로 나오는데 국경선을 비워 둘 수는 없었다. 열 받은 제국이 국경을 칠 수도 있기에 최소한의 대비는 해 두어야 했기 때문이다.

결국 그들이 할 수 있는 건 마스터들을 이용해 바다를 지키면서 피해를 최소화하는 것뿐이다.

"제국까지 신경 쓸 겨를은 없을 겁니다."

타리온의 말에 카리엘이 작게 고개를 끄덕였다.

하지만 마냥 안심할 수는 없었다.

카리엘이 걱정하는 시기가 따로 있었기 때문이다.

반란군과 소국 연합과의 전쟁 중 황제가 숨을 거둘 때.

바로 그때가 걱정이었다.

탈로스와 로테온이 제국이 혼란스러운 시기를 어떻게 이용할지 알 수 없었다.

그렇기에 더 밟아 놔야 했다.

"변경백들이 충분히 견제할 수 있는 수준이겠어."

마지막까지 걱정했던 남부는 알아서 잘 막아 낼 수 있는 수준이었다.

그렇다면 카리엘은 중앙만 신경 쓰면 된다는 뜻.

"지금부터 우리는 만약을 대비해서 움직인다. 타리온."

"예."

"나한테 불만 있는 귀족 놈들을 전부 파악해 놔."

"잡아들이실 생각입니까?"

타리온의 물음에 카리엘은 고개를 저었다.

"폐하께서 승하하신다면 어떻게 움직일지 모르니 파악은 해 두어야지."

"그들 위주로 정보 요원들을 배치하겠습니다."

"그래."

명령을 받은 타리온이 밖으로 나가자 카리엘은 이번엔 시종에게 재상을 불러오라고 했다.

황제의 병세는 날이 갈수록 심해지고 있었다.

시종장이 세심하게 보살피고 있지만 이젠 그마저도 한계에 도달한 것이다.

언제 죽어도 이상하지 않을 상황이라 만약을 대비해야 했다.

"두 달만 더 버텨 주셨으면 좋겠지만……."

많이도 바라지 않았다.

두 달만 더 버텨 주어도 좋겠지만 예상과 달리 황제는 한 달도 버티기 힘들 정도로 위중했다.

어쩌면 반란군이 전부 토벌되지 않은 상태에서 급변 사태가 벌어질 수도 있었다.

카리엘은 그것을 준비해야 했다.

"부르셨습니까."

카리엘의 부름에 늙은 몸으로 황급히 달려온 재상.

그에게 앉으라고 권한 카리엘은 숨을 돌릴 시간을 충분히 준 후에 입을 열었다.

"그대도 알겠지만 폐하께서 위중하시오."

"……얼마나 남으신 것입니까?"

단번에 카리엘의 말한 바를 눈치채고 묻는 윈스턴.

"두 달을 예상했으나 그것도 쉽지 않소."

"……다음을 준비해야겠군요."

윈스턴의 말에 카리엘이 무겁게 고개를 끄덕였다.

제국이 혼란에 빠지지 않기 위해선 슬슬 준비해야 했다.

중립파가 카리엘을 지지하고 두 공작마저 카리엘이 황제가 되는 것을 밀어주고 있다.

그럼에도 불구하고 불만이 있을 가능성이 높았다.

그들의 불만을 사전에 막으려면 준비가 필요했다.

"폐하께서 깨어나신다면 정식으로 공표할 것이지만……

그러시지 못할 경우도 대비해야 하오."

이미 시종장을 통해 어느 정도 준비는 끝내 놨지만 보다 완벽한 준비가 필요했다.

뒷말이 없도록 완벽한 정통성을 가진 황제.

이왕 황제가 되려면 완벽한 황제가 되어야만 이 혼란을 이끌어 나갈 수 있었다. 그렇기에 재상을 통해 그 준비를 맡기려는 것이다.

"모든 준비는 재상에게 일임하겠소."

"전하께오선⋯⋯."

"난 검을 뽑을 것이오."

단호함이 깃든 카리엘의 눈을 본 윈스턴은 본능적으로 피바람이 불 것을 깨달았다.

　※

그의 예상은 딱 들어맞았다.

윈스턴에게 내정을 맡긴 카리엘이 직접 친위대를 이끌고 움직이기 시작한 것이다.

혼란이 될 씨앗은 시작부터 밟아야 하는 법.

반란군에 동조한 이들은 모두 죽여 버릴 기세로 카리엘이 직접 검을 뽑아 들었다.

"감히 황실을 능멸하고 제국에 혼란을 가중시킨 죄. 참형이다.”

제국 내에서 데릭을 도와 여론을 만들었던 범죄 조직의 수장을 카리엘이 직접 참형에 처했다.

귀족 신분으로 재판을 기다렸던 자들 역시 카리엘이 직접 즉결 처형을 시켜 버렸다.

그러자 나머지 사람들에 대한 재판이 신속하게 이뤄지기 시작했다.

판단이 애매한 자들은 카리엘이 직접 처리해 주니 재판관들도 더 기다릴 것 없이 빠르게 재판을 한 것이다.

반역죄에는 자비가 없음을 카리엘이 몸소 보여 주자 나머지는 일사천리였다.

그렇게 수도 내에서 데릭을 따랐던 자들을 직접 처단한 후 황궁으로 돌아온 카리엘은 타리온에게 물었다.

“후…… 미리엘은?”

지친 표정으로 묻는 카리엘을 보며 타리온이 무겁게 고개를 저었다.

결국 미리엘의 귀에도 황실의 비사가 흘러 들어가고 말았다.

자신의 어미에 관한 진실을 알 권리가 있기에 막지는 않았지만 그래도 최대한 늦게 알기를 바랐다.

하지만 그런 카리엘의 바람과 달리 일찍 진실을 알게 된 미리엘.

카리엘이 울고 있을 미리엘을 보기 위해 몸을 일으키자 타리온이 막아섰다.

"전하."

"왜?"

"씻고 가셔야 할 것 같습니다."

그제야 자신의 몸을 바라본 카리엘은 입을 다물었다.

옷 여기저기에 묻은 피를 본 그는 나직이 한숨을 쉬었다.

"……진짜 혈태자가 되어 버렸네."

씁쓸함이 담긴 카리엘의 모습에 입을 다문 채 고개를 숙인 타리온.

그렇게 한참을 침묵하던 카리엘은 씻고 나와서 곧바로 미리엘이 머물고 있는 궁으로 향했다.

모든 진실을 직접 알려 주고 데릭에 대한 처분을 말해 주기 위해서…….

⁂

아직 미리엘이 듣기엔 잔혹한 진실.

자신의 오빠일지도 모르는 이가 반란군의 수장이고 죽을 수밖에 없는 운명이라는 걸 들려주어야 한다.

아직 어린 미리엘이 감당할 수 있을지 걱정되었지만 하는 수 없었다.

샤워를 하고도 혹시 피 냄새가 남았을까 싶어 향수까지 뿌리고 미리엘의 궁으로 출발한 카리엘.

오랜만에 카리엘의 얼굴을 봐서 그런지 반가워하며 달려온 미리엘은 심상치 않은 카리엘의 표정을 보고 고개를 갸웃거렸다.

"……미리엘."

겨우 미리엘을 부른 카리엘이 주변을 물렀다.

단둘이 의자에 앉은 카리엘이 어렵게 말문을 열었다.

"오빠가 미리엘이 꼭 알아야 될 진실을 알려 줄 거야. 듣기 어려울 수도 있어. 그러니…… 힘들면 멈추라고 꼭 말해. 알았지?"

카리엘의 말에 미리엘이 떨리는 눈동자로 작게 고개를 끄덕였다.

그러자 한숨을 쉬면서 머뭇거리던 카리엘이 설명을 시작했다.

이미 퍼질 대로 퍼져 버린 소문이기에 언젠가는 미리엘의 귀로 들어갈 것이다. 그럴 바에는 직접 설명하는 게 낫다는 생각에 설명하고는 있었지만 점차 울먹거리는 모습이 되어가는 미리엘을 보고 있자니 설명하기가 고역스러워졌다.

"……그만할까?"

카리엘의 물음에 단호하게 고개를 젓는 미리엘.

진실을 전부 알고 싶다는 듯, 울먹이면서도 전부 듣고자 했다.

결국 전부 설명을 끝낸 카리엘은 멍한 표정을 짓고 있는 미리엘을 걱정스레 바라보았다.

"괜찮아?"

카리엘이 조심스레 묻자 작게 고개를 끄덕인 미리엘이 단호하게 말했다.

"그 사람, 내 오빠 아니야."

"……응?"

"내 오빠는 세 명이야."

미리엘의 말에 카리엘은 눈을 동그랗게 떴다가 이내 입가에 미소를 그렸다.

"맞아. 그 사람, 미리엘 오빠 아니야."

＊

떨리는 손으로 꿋꿋하게 말하는 미리엘을 진정시키고자 한동안 그녀의 궁에서 머물며 시간을 보낸 카리엘은 밤이 되자 조용히 궁에서 나왔다.

"황녀 저하는…….."

"자고 있어."

카리엘의 답에 타리온이 한숨을 쉬며 고개를 끄덕였다.

충격적인 사실일 텐데도 꿋꿋하게 버텨 준 미리엘을 위해서라도 좀 더 확실하게 처리해야 할 필요가 있었다.

"황녀 궁의 시녀들을 잘 단속하라고 전해."

"예."

카리엘 앞에서 애써 괜찮은 척하고 있었지만 충격받은 것이 표정에서 드러났다.

그렇기에 카리엘은 각별히 신경 쓰라고 시종들에게 일러둔 참이었다.

그때 그림자 하나가 다가와 귓속말로 속삭였다.

그러자 무거운 표정으로 고개를 끄덕인 카리엘은 곧장 황제의 궁으로 향했다.

"폐하께선 주무시나?"

"아직 깨어 계십니다."

시종장의 대답에 고개를 끄덕인 카리엘은 조용히 황제와의 독대를 청했다.

카리엘은 침상에 누워 있는 황제에게 고개를 숙인 뒤, 의자를 가져다 황제 옆에 앉았다.

"……미리엘은?"

"잘 견디고 있습니다."

"다행이군."

황제가 자신의 업보를 생각하며 쓴웃음을 지었다.

그 당시에는 어쩔 수 없는 결정이라고 생각했다.

조금만 삐끗해도 황좌에서 물러나 다른 동생들처럼 암습

을 받거나 독을 먹고 죽을 것이다.

특히 장자인 자신이라면 황제가 된 동생들이 반드시 죽일 거라 생각했다.

그렇기에 조금의 여지도 주지 않고자 했다.

하지만 그 결정이 지금 이렇게 독이 되어 돌아왔다.

"민심은 돌렸습니다. 남은 건 토벌군이 반란군을 진압하는 것뿐입니다."

카리엘의 말에 황제가 작게 고개를 끄덕였다.

자식을 낳는 것에도, 혼인하는 것에도 모두 정치적으로만 임했던 황제가 조용히 한숨을 쉬며 말했다.

"짐에게 시간이 얼마 남지 않았다."

"……."

침묵하는 카리엘을 보면서 황제가 피식 웃었다.

황위에 올라 기뻐해야 함이 분명하건만 질색하는 표정을 짓는 카리엘을 보면 신기했다.

자신과 정반대였기 때문이다.

분명 자신의 아들이 분명하건만 어째서 이렇게 다른 성격을 가진 자식이 태어났는지 신기할 따름이었다.

"시종장."

"예."

황제의 부름에 고개를 숙이며 다가온 시종장이 품속에서 금색 봉투를 꺼내 들었다.

"눈치 빠른 놈. 그래, 짐의 유언장이다."

단번에 눈치챈 카리엘을 보면서 미소를 지은 황제가 입을 열었다.

"짐의 유언장이다. 이미 4대 변경백의 동의를 받아 두었다."

다음 황위를 카리엘에게 물려주기 위한 준비.

국경을 지키는 4대 변경백이 동의한다는 직인이 유언장에 찍힌 시점에서 다음 대 황위에 대한 정당성은 거의 다 확보되었다.

황궁 기사단장인 아켈리오의 직인까지 찍혀 있으니 남은 건 대신들과 재상, 그리고 귀족원의 동의뿐이었다.

재상을 통해 급변 사태를 준비하라고 했으니 사실상 귀족들의 동의만 있으면 되지만, 그건 황제가 마지막 순간에 직접 요청할 생각인 듯싶었다.

"짐의 몸이 두 공작이 돌아올 때까지는 버티지 못할 듯싶구나."

황제의 말에 카리엘이 시종장을 바라보았다.

그러자 늙은 시종장이 조용히 고개를 가로저었고, 그 모습을 본 순간 카리엘의 두 눈이 질끈 감겼다.

"한 달은 넘게 남았다고 알고 있었네만……."

"몸이 급격히 나빠지셨습니다."

시종장의 말에 황제의 얼굴을 바라본 카리엘.

그가 죽기 직전 얼굴과 비슷했다.

전체적으로 홍조라고는 찾아볼 수 없는 볼과 입술.

하지만 눈동자만큼은 최근 들어 가장 총명해 보였다. 그러나 이게 건강이 좋아져서 그런 것이 아님을, 카리엘은 그 누구보다 잘 알았다.

'정말 얼마 안 남으셨군.'

황제가 마지막 힘을 쥐어짜 내고 있음을 알기에 카리엘은 긴 한숨을 내쉬었다. 그런 카리엘을 보며 황제가 무서운 입술을 뗐다.

"아마 이게 내가 온전한 정신으로 말할 수 있는 마지막 순간일 테지."

그렇게 말한 황제가 카리엘의 손을 잡았다.

"오늘부로 짐의 모든 권한을 넘긴다."

"그게 무슨……."

카리엘이 당혹스러워하는 사이에 그의 손안에 놓인 하나의 반지.

대전에 있는 옥새 보관함을 열 수 있는 열쇠.

여태껏 시종장을 통해 잠시 빌려 왔던 그 반지가 정식으로 카리엘에게 넘겨진 것이다.

황제의 입에서 권한을 넘긴다는 말이 나오자마자 황제의 피가 묻은 반지에서 붉은 빛이 흘러나오기 시작했고, 그 순간 카리엘의 몸에서 화기가 내뿜어지며 반지에 흘러들어 갔다.

"큭!"

고통스러워하는 카리엘을 본 황제가 가만히 시종장을 돌아보았다.

"이것인가?"

"예."

비밀 수호대가 그토록 기다렸던, 자격을 가진 자.

현 황제는 물론이고 몇 대에 이르는 동안 단 한 명도 가지지 못했던 자격을 갖춘 자가 마침내 정식으로 초대 황제의 반지의 인정을 받았다.

"……아쉽군. 짐이 조금만 더 건강했더라면……."

황궁 안에 숨겨진 비밀.

그 모든 것을 보고자 했지만 결국 실패했다.

마약과 흑마력에 오염된 정신을 정화했으나 완벽하게 정화하는 데에는 실패했기 때문이다.

자격을 갖춘 카리엘의 뒤를 따라 비밀을 엿보고자 했으나 오염된 황제는 끝내 받아들여지지 못했기에 결국 이렇게나마 볼 수밖에 없었다.

"저분이…… 초대 황제신가?"

"그렇사옵니다."

카리엘의 머리 위로 나타난 붉은 형체.

초상화에 나온 초대 황제의 형체가 싸늘한 눈으로 황제를 바라보았다.

마치 그동안 지은 죄를 꾸중하듯 냉엄하게 바라보던 이내 카리엘에게로 시선을 돌리더니 손에 머리를 올리고 붉은 빛무리를 만들어 냈다.

그러고는 인정한다는 듯 한차례 고개를 끄덕이더니 그대로 카리엘의 몸속으로 스며들었다.

그러자 붉은 기운에 의해 수르트와 정령왕의 파편, 그리고 스콜이 형체를 이루며 카리엘의 몸을 빙글빙글 돌기 시작했다.

"재밌군."

카리엘이 제국을 위기에서 구해 내며 얻은 것들.

그것들이 카리엘의 몸을 보호하기 위해 사방에 힘을 발산하고 있었다.

그렇게 한참 동안 붉은 파장은 황제의 방 안을 가득 메웠다. 그러다 서서히 카리엘의 몸 안으로 스며들어 흔적도 없이 사라졌다.

"헉…… 헉…….'

"문양이 나타났군."

오래전에 사라졌던 황실의 문양.

그것이 카리엘의 이마에 나타났다.

그것을 확인한 시종장이 그 즉시 한쪽 무릎을 꿇으며 말했다.

"제국의 진정한 주인을 뵙습니다."

시종장의 말에 카리엘의 눈이 커다랗게 떠졌다.

식은땀을 흘리면서도 황제의 눈치를 보는 카리엘.

하지만 황제는 괜찮다는 듯 웃기만 했다.

대가 끊어진 줄 알았던 황실의 힘이 다시 부활했다. 그것만으로도 황제는 모든 것을 용서할 수 있을 정도로 관대했다.

"짐이 부활시킨 것이다. 바로 짐이!"

끝내 비밀 수호대에 인정받지 못했음에도 괜찮았다.

오염된 정신과 썩은 내가 진동하는 몸으로도 기어코 황실의 진정한 힘을 부활시켰으니까.

이것만으로도 그동안 지은 죄 대부분은 잊힐 수 있을 것이다.

"되었다……. 이것으로 되었어."

황제가 그 말을 끝으로 기절하듯 눈을 감았다.

"폐하!"

"괜찮습니다. 기절하신 것뿐이옵니다."

시종장의 말에 카리엘이 안도의 한숨을 쉬더니 고개를 돌려 노려보았다.

"폐하께서 계신데 어찌 그런 행동을 한 것이지?"

"저희 비밀 수호대는 인정을 받은 자만을 황제로 모십니다."

"······자네."

"폐하께서도 그걸 알고 계십니다. 그렇기에 저도도 기뻐하신 것이지요."

마침내 부활한 진정한 황제.

그걸 알기에 현 황제가 기뻐한 것이다.

카리엘이 표정을 구긴 채 가만히 서 있자 그런 그를 향해 시종장이 황제의 마지막 명령을 전했다.

"폐하께서 사전에 내리신 마지막 명령입니다."

다음 대 황제에게 부탁하는 마지막 명령. 유언이나 다름없는 그것을 다음 대 황제가 꼭 지켜 주어야 하는 게 제국의 관습이었다.

설사 찬탈당했다 하더라도 마지막 명령만큼은 웬만하면 들어주어야 했다.

그렇기에 카리엘이 작게 한숨을 쉬며 무릎을 꿇었다.

"태자가 초대 황제의 인정을 받았음을 제국 전역에 알려라. 이는 짐이 죽기 전에 내리는 마지막 명령일지니······ 부디 들어주기를 바라노라."

황제의 간절한 염원이 담긴 명령.

이 명령을 들어줄 경우 카리엘의 정통성에는 절대적인 힘이 생긴다.

하지만 그만큼 황위를 물려주기 어려워질 가능성이 높았다. 사라졌던 황실의 문양이 부활했는데 그 누가 감히 카리엘의 황권을 의심할까.

이것을 발표하지 않는 것이 최선이지만…….

"참고로 폐하께선 들어주시지 않을 가능성을 대비해 미리 조치를 취해 두었습니다."

"…….”

카리엘의 성정을 누구보다 잘 아는 황제이기에 마지막까지 만반의 준비를 해 두었다.

시종장의 말을 들은 카리엘은 이를 갈면서 부디 동생들에게도 자신과 같은 힘이 있기를 간절히 바랐다.

'결국 믿을 건 동생들뿐이다. 믿는다.'

속으로 그렇게 중얼거린 카리엘은 고개를 숙이며 답했다.

"폐하의 명을 받잡겠습니다."

그의 대답을 들은 시종장은 품속에서 정식 명령서를 꺼내 건네주고는 허리를 숙였다.

　　　　　　　　　　※

황제의 반지와 마지막 명령서를 들고 황제의 궁을 나온 카리엘은 피곤한 표정으로 계단에 털썩 주저앉았다.

"전하."

"……지금 당장 대신들과 재상한테 보잔다고 전해."

"혹 폐하께서……?"

타리온이 사색이 된 채 묻자 카리엘이 고개를 젓고선 황제의 반지를 보여 주었다.

"아……."

황제의 반지를 손에 쥔 카리엘. 그것이 어떤 뜻임을 누구보다 잘 아는 타리온은 황급히 두 무릎을 꿇고 외쳤다.

"경하드립니다!"

"경하드립니다!"

타리온의 외침에 눈치 빠른 시종들도 일제히 무릎을 꿇으며 똑같이 외쳤다.

그러자 뒤이어 기사들과 시녀들 역시 무릎을 꿇었다.

새로운 황제가 탄생했음을 알리는 외침에 카리엘의 표정이 점점 더 썩어 들었다.

그토록 피하고자 했음에도 결국 이 자리로 되돌아온 현실에 카리엘은 이를 갈며 밤하늘을 올려다보았다.

"× 같네."

<hr />

그토록 피하고자 했던 황제가 되었다.

비공식이었지만 모든 권한이 이양된 이상 황제와 다름없었다.

그동안 고생했던 것이 무의미해진 느낌에 카리온이 허탈

한 표정으로 하늘을 올려다보고 있을 때, 타리온은 재상과 대신들을 비밀리에 부르기 위해 그림자들에게 명령을 내렸다.

그리고 카리엘에게로 시선을 돌렸다.

"폐……."

"비공식이잖아."

"흠흠! 전하, 대신들과 재상에게 연락해 두었습니다. 태자궁으로 가시지요."

폐하라는 말이 나오려는 순간 카리엘이 노려보자 타리온은 헛기침하며 정정했다.

카리엘이 고개를 저었다.

"움직이기도 귀찮아. 그냥 여기로 오라고 해."

"바람이 찹니다."

타리온의 걱정스러운 말에도 카리엘은 걸을 힘도 없다는 듯 허탈한 표정으로 밤하늘만 올려다보았다.

그러자 타리온은 쓴웃음을 지으면서 근처에 있는 시종에게 명령해 두꺼운 외투를 가져와 카리엘에게 걸쳐 주었다.

살짝 쌀쌀한 밤공기 속에서 두 사람이 멍하니 기다리고 있는 동안 대신들이 하나둘 황제 궁으로 도착했다.

그리고 가장 마지막에 노구를 이끌고 재상이 도착했다.

"전하? 여기서 뭐 하시는……?"

계단에 앉아 있는 카리엘을 중심으로 바닥에 앉은 대신들을 보며 고개를 갸웃거리는 윈스턴.

"전할 게 있어서 불렀다. 다들 앉아."

카리엘의 명령에 재상 윈스턴이 당황한 표정으로 바닥에 앉았다.

눈치 빠른 타리온이 바닥에 방석을 놓아주자 그 위에 앉은 윈스턴이 조심스러운 표정으로 물었다.

"폐하께 무슨 일이라도……?"

윈스턴의 물음에 카리엘이 조용히 손에 쥔 것을 보여 주었다.

그것을 보자마자 대신들과 윈스턴의 눈이 동그랗게 떠졌다.

"폐하께선 보름을 버티기 힘드실 것 같군."

카리엘의 말에 윈스턴과 대신들은 식은땀을 흘리기 시작했다.

시간이 너무 촉박했기 때문이다.

"귀족회를 설득할 시간이 부족합니다."

윈스턴의 말에 다른 대신들까지 고개를 끄덕였다.

물론 가능은 할 것이다. 하지만 후에 반드시 말이 나올 것이다.

어쩌면 이걸 무기로 카리엘이 향후 계획하는 것들에 태클을 걸 수도 있을 터였다.

사실 재상이나 카리엘이 걱정하는 게 바로 이 부분이었다.

"시종장."

카리엘이 설명하기 귀찮다는 듯 멀리서 지켜보고 있는 시종장을 불러서 설명하게끔 했다.

그러자 늙은 시종장이 조용히 다가와 대신들과 재상을 향해 입을 열었다.

현 황제가 다음 황제를 위해 준비한 것들.

그것은 유언장과 황제의 반지만이 아니었다. 정당성에 조금의 균열조차 허락하지 않겠다는 듯 완벽하게 준비했다.

하지만 이것들은 전부 곁가지일 뿐이다.

"마지막으로…… 전하."

시종장의 부름에 작게 한숨을 쉰 카리엘은 화기를 끌어 올렸다.

그 순간 카리엘의 이마에 선명하게 떠오르는 문양.

"헉! 서…… 설마!"

가장 먼저 재상이 놀란 표정을 지었고, 뒤이어 대신들도 경악 어린 얼굴을 했다.

"준비할 수 있겠나?"

카리엘의 물음에 대신들과 재상은 일제히 고개를 숙였다.

절차? 이제 그딴 건 필요가 없었다.

설령 사생아였다고 하더라도 황제가 되기로 마음먹었다면 가능할 텐데, 장자에 황태자라는 신분에 심지어 자격을 갖춘 자라는 것을 의미하는 문양까지 있으니 귀족들이 반발할 수 있을 리 없었다.

"문양에 관해서는 가장 마지막에 공개하겠다."

카리엘이 피곤한 표정으로 말하자 재상과 대신들은 고개를 갸웃거렸다.

선공개한 후 빠르게 황위에 오를 준비를 하면 될 텐데 왜 그러는 것인지 이해가 되지 않았기 때문이다.

"내 검집은 아직 비어 있다."

카리엘은 그 말을 끝으로 자리에서 일어났다.

잠시 밤하늘을 바라본 그 시간 동안 허탈함은 분노로 바뀌었다.

아직 자신이 뽑아 든 검이 검집으로 들어가지 않았으니, 분노를 연료 삼아 쓰레기들을 청소할 생각이었다.

분노로 인해 넘실거리는 붉은 기운을 본 대신들과 재상은 침을 꿀꺽 삼켰다.

"알아들었으면 최대한 빨리 진행해. 시간이 없다."

"예."

카리엘의 명령에 윈스턴이 대표로 고개를 숙이고는 대신들과 함께 재빨리 흩어졌다.

황제의 남은 시간이 얼마 없기에 그 전에 모든 것을 끝마쳐야 했다.

하지만 완벽한 준비 따윈 필요 없었다.

가장 강력한 무기를 쥐고 있는 이상 조금 손색이 있더라도 빠르게 밀고 나갈 수 있기 때문이다.

❈

　바로 다음 날.
　제국의 광장에 공영 신문이 뿌려졌다.
　출근하기 위해 바삐 걸음을 옮기던 제국민들과 귀족들은 놀란 표정을 지었다.
　조간으로 나온 따끈한 신문의 내용이 심상치 않았던 것이다.

　-폐하께서 위독하시다!

　대문짝만 하게 나온 신문의 제목은 모두를 충격에 빠뜨렸다.
　황제의 상태가 당장 죽어도 이상하지 않을 정도라는 것과 다음 황제로 카리엘을 낙점했다는 것이 주된 내용이었다.
　그리고 바로 그날, 재상이 대신들과 회의한 결과를 발표했다.
　"현 황태자인 카리엘 프레드리히 폰 블레이저 전하를 차기 황제로 옹립하는 것으로 합의를 보았소."
　재상의 발표에 귀족회가 반발했다.

자신들과 상의 하나 없이 갑자기 이런 발표를 해 버렸기 때문이다.

보통 이런 발표는 귀족회와 상의한 후 일정을 잡아 동시에 하는 것이 관례였다.

그런데 중앙 정부에서 그 관례를 깨 버린 것이다.

-귀족회는 이 발표를 인정할 수 없다.

-황태자 전하는 훌륭하시지만 절차는 지켜져야 한다!

-절차에 따라 귀족회의 동의를 얻어 정당하게 황위에 올라야 한다!

물론 이건 겉으로 드러난 것에 불과했다.

카리엘과 이야기를 끝낸 후 재상과 대신들은 곧바로 귀족회에 이 사실을 말했고, 고위 귀족들을 만나 사정을 설명했다.

빠르게 다음 황제를 옹립하고 정권을 안정시키자는 것.

하지만 귀족들은 관례를 들먹이면서 반대했다.

카리엘이 황제로 옹립되는 것을 반대하지는 않지만 절차에 따라 진행하자는 것.

명분은 맞았다.

황태자인 카리엘이 황제가 되는 것에 반대하는 것도 아니고, 절차를 지켜서 정당성을 지키자는 것이니까.

하지만 이것을 빌미로 계속 질질 끌면서 카리엘에게서 원하는 것을 얻어 낼 생각이었다.

1. 범죄 집단 및 혁명가들을 쳐 낼 것.
2. 귀족들의 권리를 보장해 줄 것.

크게 이 두 가지를 원할 것이다.

제국이 위기에 처했고 그로 인해 강력한 힘을 가지게 된 카리엘이지만, 그렇기에 귀족들 역시 카리엘과 협상할 명분이 있었다.

귀족들의 협조 없이는 제국이 이 위기를 온전히 타개해 나가기는 어려울 것이기에, 바로 그 점을 노리는 것이다.

그 사실을 잘 아는 대신들과 재상은 곧바로 자신들의 입장을 발표했다.

그리고 카리엘 역시 자신의 입장을 밝혔다.

"폐하께서 나를 다음 황제로 지목하셨으나 현재 제국은 위기 상황이다. 모든 일은 이 혼란이 끝난 후로 미룰 것이다. 다만 현재 폐하께서 국정을 운영하시기 어렵기에 현 시간부로 폐하의 모든 권한은 내가 이행한다."

그렇게 말한 카리엘은 황제가 자신의 모든 권한을 이양했다는 것을 밝히며 황제의 홀과 반지를 공식 석상에서 보여 주었다.

제국의 위기 상황이기에 몸이 아픈 황제 대신 황태자가 모든 권한을 쥐는 것은 충분히 이해할 수 있는 일이다.

하지만 귀족들의 반발에도 강행하는 모습은 카리엘이 귀족들의 협상할 의지가 없다는 것을 뜻하기에 귀족들의 표정이 안 좋아졌다.

카리엘을 지지했던 중립파조차 귀족회에 참여하여 카리엘의 독단적인 행보를 규탄하는 데에 참여할 정도였다.

"전하, 귀족회에서 찾아왔습니다."

시종의 말에 카리엘이 고개를 끄덕였다.

그러자 두 공작과 주요 귀족들이 빠진 후, 귀족회를 이끌어 나가는 캉테 백작이 들어왔다.

"앉지."

카리엘의 말에 캉테 백작은 조심스럽게 앉았다.

"무엇 때문에 찾아왔지?"

카리엘이 쓸데없는 시간 낭비를 싫어한다는 걸 알기에 캉테 백작은 조심스럽게 귀족회의 의견을 전했다.

"절차를 지키려면 귀족회를 설득시켜라. 이 말 아닌가?"

"그렇습니다."

비록 주요 귀족들이 빠져나간 귀족회지만 대표로 온 자답게 캉테 백작은 단호한 표정을 지었다.

처음의 긴장했던 표정과 달리 단호함이 깃든 두 눈을 마주하며 카리엘이 말했다.

"쓸데없이 돌려 말하는 걸 좋아하지 않으니 그냥 말하겠다."

카리엘은 보고서 하나를 캉테 백작에게 내밀었다.

"이건⋯⋯."

"현재 세일럼 항구의 발전 속도와 계획이다."

그리고 천천히 보고서를 읽어 내려가는 캉테 백작에게 물었다.

"만약 이들을 데려오지 않았다면 이 정도 속도를 낼 수 있었을까?"

"그건⋯⋯."

"그리고 분명히 약속했을 텐데? 난 약속대로 세일럼 항구내에서만 범죄자들과 혁명 세력을 기용하고 있다."

약속을 철저히 이행하고 있는 카리엘.

그렇기에 귀족들은 더 불안했다.

조금의 빈틈조차 보이지 않는 이 황태자가 황제가 되었을때, 귀족들을 얼마나 박살 낼지.

그렇기에 지금 무리해서라도 자신들의 안전을 약속받고자하는 것이다.

"하오나 귀족들이 불안해하고 있습니다."

"그렇다고 위기 상황을 이용해 발목을 잡는 건 아니지 않나?"

카리엘이 싸늘한 표정에 캉테 백작의 표정이 굳어졌다.

"귀족회도 전하를 옹립하고자 하는 생각엔 변함이 없습니다."

"그럼?"

"정당성을 갖추고 절차에 따라 옹립하고자 하는 것입니다. 최고 공작들과 변경백 일부, 그리고 황자분들이 참석한 상황에서 대관식을 치러야겠지요."

"그런다고 하지 않았나?"

"대관식을 치르지 않은 상황에서 모든 권한을 사용하는 것은 무리가 있사옵니다."

캉테 백작의 말에 카리엘이 피식 웃었다.

한마디로 대관식을 치르기 전까지는 자신들과 상의해서 일을 처리해 달라는 것이었다.

거기에는 대관식을 치르기 전까지 귀족들의 권한을 보장할 방법을 찾고 혁명 세력을 밀어내 보겠다는 의도가 깔려 있었다.

지금도 카리엘은 막강한 권한을 휘두르면서 귀족들을 압박하고 있다. 그건 제국민들한테는 좋을지 몰라도 귀족들에게는 행동반경을 좁히는 결과를 낳으니 막고자 하는 것이다.

물론 그 외에도 카리엘의 체제에서 한자리를 차지해 보겠다는 몇몇 귀족들의 욕심도 숨어 있었다.

그걸 잘 아는 카리엘은 비웃음이 담긴 목소리로 말했다.

"폐하께서 직접 권한을 넘기셨다. 이것 외에 무슨 정당성이 필요하지?"

카리엘의 물음에 캉테 백작이 입술을 깨물었다.

"제국의 중심을 지키는 건 황실이오나 제국을 지탱하는 한 축에 귀족들이 있는 것도 변함없는 사실이지요. 유구한 역사 속에서 만들어진 관례를 깨신다면 후에 문제가 생길 수 있습니다. 그것을 바라시는 것이옵니까?"

"공작들이 돌아온 후를 얘기하는 것인가?"

"……."

침묵하는 캉테 백작을 보면서 카리엘은 피식 웃었다.

아무리 두 공작이 카리엘에게 우호적이라 해도 귀족들의 권리를 침해하는 황태자를 용인하지는 않을 것이기에 보이는 자신감이었다.

분명 제국의 유구한 역사 속에서는 귀족들의 반발을 강제로 누르고 황제가 된 이도 존재했다.

그리고 그 결과는 좋지 않았다.

하지만 그건 황좌에 집착했기에 일어난 일.

카리엘과는 상관없는 일이었다.

그를 끌어내린다? 오히려 좋았다.

그렇기에 카리엘은 조금의 아쉬움도 없다는 듯 빙그레 웃으며 말했다.

"뭐든 해 보게. 그대들이 이긴다면 군말 없이 요구를 들어주지."

비웃음이 담긴 카리엘의 말에 캉테 백작은 분한 표정을 지
으며 물러났다.

※

　그렇게 캉테가 물러난 지 반나절이 지나지 않아 곧바로 귀
족들의 반발이 본격적으로 시작되었다.

　절차에 따라 진행하자는 요구와 함께 그들은 관료들의 업
무를 사사건건 방해하기 시작했다.

　그러나 카리엘은 그런 그들을 비웃으며 반발하는 귀족들
만 골라서 잡아들였다. 귀족이기에 넘어갔던 사소한 죄목들
을 근거 삼아 잡아들인 것이다.

　그러자 관망하던 귀족들도 반발했다.

　마치 평민처럼 사소한 것으로 잡아들이는 카리엘의 모습
에 자신들의 권위가 무너진 것 같은 기분이 들었기 때문이
다.

　결국 귀족회의 주장이 대전 회의의 정식 안건이 되면서 정
식으로 회의가 열렸다.

　"긴말할 것 없겠지."

　카리엘이 그렇게 말하면서 타리온을 불렀다.

　"폐하의 유언장이다. 이미 변경백들과 대신들의 동의를 얻
은 상황이지. 남은 건 귀족회뿐이야."

카리엘의 말에 몇몇 귀족들이 미간을 찌푸렸다. 설마 변경백들까지 모두 동의했을 줄은 몰랐기 때문이다.

하지만 아직 기회는 있었다.

완벽한 정당성을 갖추기 위해선 결국 귀족회가 필요했다.

바로 그때 카리엘의 몸에 붉은 기운이 퍼져 나오기 시작했다. 동시에 이마에 떠오르는 선명한 문장.

"저…… 저건!"

한 귀족이 카리엘의 이마에서 빛나는 문양을 보며 눈을 부릅떴다.

그 순간 재상과 대신들, 그리고 시종들이 일제히 한쪽 무릎을 꿇으면서 외쳤다.

"제국의 진정한 주인을 뵈옵니다!"

초대 황제의 인정을 받은 자만이 받을 수 있는 인사에 귀족들의 눈이 떨리기 시작했다. 그리고 동시에 깨달았다. 카리엘이 황제가 된 이후 반발할 귀족들을 사전에 차단하기 위해 덫을 놓았음을.

그것을 증명하듯, 귀족들이 대전에 모여 있는 동안 감찰부가 움직이기 시작했다.

그동안 넘어가 주었던 귀족들의 범죄를 하나하나 집어내 잡아들이기 시작한 것이다.

"그동안 기회는 충분히 준 것 같군."

더 이상의 자비는 없다는 듯 싸늘한 표정으로 대전을 나가는 카리엘.

　그런 그를 보면서 망연자실한 표정을 짓는 귀족들.

　하지만 그 누구도 그런 그들을 동정하지 않았다. 이미 기
회는 충분히 주었기 때문이다.

황제의 죽음

스스로 황위에 가장 가까운 이유를 증명한 카리엘에게 더 이상 자비는 없었다.

지금까지는 장난이었다는 듯, 본격적으로 감찰부를 움직이기 시작했다.

동시에 치안대와 군부까지 이용해 혹시나 일어날 수 있는 모든 일을 대비했다.

물론 아무나 잡아들이진 않았다.

지금까지 용인되었던 것을 전부 잡아들이면 귀족들이 남아나지 않을 것이다. 그렇기에 철저히 카리엘에게 반발했던 이들만을 콕 집어서 잡아들였다.

그러나 귀족들 중에는 아직도 정신을 못 차린 이들이 있었다. 특히 고위 귀족 출신들이 그러했는데, 그럴 경우 카리엘이 직접 행차했다.

"저, 전하! 한 번만 자비를……."

"나에게 자비를 기대하나?"

이미 대전에서 더 이상의 자비는 없을 것이라 천명한 순간 그들은 끝이었다. 옆에 있는 감찰관에게서 죄목을 직접 확인한 카리엘은 싸늘한 미소를 지으면서 말했다.

"악질이군."

카리엘이 이번에 잡힌 고위 귀족을 바라보았다.

자비를 구걸하는 귀족을 보니 헛웃음이 나왔다.

목숨만 살려 달라 구걸해도 모자랄 판국에 이번 한 번만 넘어가 달라고 청하는 쓰레기.

다른 이들은 사소한 범죄들이었다면 이 녀석은 아주 악질이었다.

가난한 이들에게 돈놀이를 하고, 마음에 드는 이가 있다면 돈을 갚으라는 명목으로 노예처럼 부렸다. 게다가 몇 다리를 건너서 남부로 향하는 밀수업자들에게 투자하기도 했다.

그나마 그간은 여러 단계를 거쳐서 투자해서 걸리지 않았던 것이 이번에 재수 없게 걸린 것이다.

그것도 심지어 중앙과 남부를 한번 뒤집었는데도 걸리지 않았는데, 그 이유는 이자가 본래 동부에 뿌리를 두고 있었기 때문이다.

"이자는 곱게 죽이면 안 되겠군."

"재판관에게 말해 두겠습니다."

카리엘의 명령에 옆에 있는 감찰관이 고개를 숙이며 말했다.

그것을 듣고 있던 귀족이 다급하게 소리치기 시작했다.

"전하! 살려 주십쇼! 전하!"

"다들 왜 한 박자씩 늦는지 모르겠어."

이제 와서 목숨만 살려 달라고 비는 범죄자를 보면서 싸늘한 미소를 지은 카리엘은 기사들에게 명했다.

"잡아가. 특급 범죄자이니 반항하면 반쯤 죽여도 좋다."

카리엘의 명령에 거칠게 반항하던 귀족이 얌전해졌다.

그의 눈에는 일말의 희망이 어려 있었다.

귀족의 한쪽 팔을 붙잡던 기사가 그 모습을 보고 코웃음 쳤다.

이런 반응을 보인 귀족들은 지금 황궁의 감옥에 갇혀서 온갖 고문을 받고 있었던 것이다.

'차라리 지금 반항해서 죽는 게 좋을지도…….'

속으로 귀족의 명복을 빌어 주며 기사는 조용히 감옥으로 연행했다.

그렇게 오늘도 반항하는 귀족 하나를 직접 연행시킨 카리엘은 궁으로 돌아와 다시금 일에 매진했다.

그렇게 점심마저 거르고 일할 때, 타리온이 다급히 들어왔다.

"폐…… 아니 전하!"

"왜?"

싸늘하게 바라보는 카리엘의 눈빛에 황급히 말을 바꾼 타리온은 조용히 보고서를 책상에 올려놓았다.

"이제 와서 용서라…….."

"폐하의 유언장에 귀족회가 동의했습니다."

유언장에 동의하면서 이제 와 용서를 구하는 귀족들.

하지만 늦어도 한참 늦었다.

귀족회에서 만장일치에 가깝게 찬성했지만 카리엘은 지금 하고 있는 것들을 멈출 생각이 없었다.

오히려 더욱더 채찍질을 가할 생각이다.

"나중에 딴생각 못 하게 해. 지들이 지은 죄가 있으니 함부로 움직이지 못할 거다."

"예."

카리엘의 명령에 고개를 숙이고 물러난 타리온.

그는 명령대로 동원할 수 있는 모든 이들을 이용해 귀족들을 얌전하게 만들어 놨다.

적어도 수도에 있는 귀족들은 꼼짝달싹 못 하게끔 묶어 놨기에 한동안 다른 생각은 못 할 것이다.

"이제 남은 건…….."

카리엘은 말끝을 흐리면서 한숨을 쉬었다.

황제가 죽는 순간 정말로 돌이킬 수 없게 되기 때문이다.

지금이야 비공식 황제라고 세뇌하듯 중얼거리면서 현실도 피하고 있지만 그것도 곧 끝날 예정이었다.

－진정한 황제의 탄생!

오늘 자 조간으로 발행된 신문 1면에 실린 헤드라인.

대전 회의에서 카리엘이 황실의 문양을 부활시켰다는 사실은 순식간에 제국 전역으로 퍼져 나갔다.

그렇기에 대놓고 탄압당하는 데도 귀족들이 아무 말도 못 하는 것이다.

얼마 만에 부활한 황실 문양인가?

그런 고귀한 혈통을 가진 카리엘에게 반기를 든다?

뒈져도 할 말이 없었다.

물론 지금 이렇게 하면 후에 문제가 생길 건 분명하다. 지금이야 고개를 숙이고 있다지만 분명 앙심을 품고 있을테니, 틈을 보이면 물어뜯으려 할 것이다.

그럼에도 불구하고 카리엘은 강압적으로 나갈 수밖에 없었다.

"전하."

늦은 밤까지 일하던 카리엘에게 조용히 찾아온 황제 궁의 시종장.

그의 얼굴을 보자마자 그토록 미루고 싶었던 때가 찾아왔음을 알 수 있었다.

"지금 바로 가 보셔야 할 것 같습니다."

"동생들은?"

"연락은 취해 놓았습니다. 사정이 된다면 수도로 복귀하겠다 하옵니다."

시종장의 대답에 카리엘이 작게 한숨을 쉬었다.

동생들과 두 공작에게 비밀리에 연락해 현 상황을 알렸다.

그럼에도 복귀하지 못한 것은 반란군 진압과 소국 연합을 진압하는 데 상당히 어려움을 겪고 있다는 뜻이었다.

"끝까지 방해하는군."

대부분의 주력이 동대륙으로 빠져나갔음에도 여전히 서대륙을 활개 치고 있는 흑마법사들의 잔존 세력.

그들의 힘이 소국 연합과 반란군에 더해지자 상당히 까다로운 적이 되어 버렸다.

압도적인 군사력으로 차근차근 토벌하고 있었지만 예상과 달리 시간이 좀 더 걸릴 듯싶었다.

거기다 변경백들 역시 참석하기 힘들었다.

몸을 뺄 수 있는 변경백들이라도 부르려 했지만 상황이 좋지 않았다.

남부 왕국들과 성국은 물론이고, 아이론 연맹에조차 내부에서 심상치 않은 기류가 퍼지고 있다는 보고가 들어왔다.

'내부 반란이라······.'

상인 연합으로 시작된 아이론 연맹.

그러다 보니 각자의 이득에 따라 파벌이 수시로 바뀌는 국가였다. 그런 곳에 충성심이라는 게 있을 리 없었다.

벌써부터 아이론 연맹 내부에서 친제국파인 제이론을 끌어내리려는 움직임이 있었다.

그런 그들의 뒤에는 로테온이 있다고 보고가 들어왔다.

어쩌면 제국이 반란군을 토벌하고 소국 연합을 박살 낸다하더라도 전쟁이 끝나지 않을 가능성이 있었다.

만약 아이론 연맹에 급변 사태가 터진다면 가장 먼저 서부군이 위험에 빠질 것이기에 서부 변경백 역시 움직일 수 없었다.

'변경백과 공작들이 참석하지 못하는 장례식이라······.'

황제의 장례식에 주요 귀족들이 참석하지 못하는 것은 굴욕에 가까웠다. 전생에 암군이라 불렸던 카리엘조차 임종 직전에는 대부분의 귀족들이 수도에 모여 있었다.

그렇기에 안타까운 마음이 들었으나 상황이 좋지 못했다.

"······가지."

"예."

시종장을 따라 황제의 궁에 도착한 카리엘은 지체 없이 황제를 알현하기 위해 들어갔다.

그곳에는 이미 신관과 의사 들이 모여 있었다.

"상태는 어떠시지?"

"……오늘 밤을 넘기시긴 어려울 듯싶습니다."

의사의 대답에 카리엘이 한숨을 쉬었다.

"좀 더 버티실 방법은 없나?"

카리엘의 물음에 그곳에 모인 모든 이들이 고개를 숙였다.

그러자 카리엘은 늙은 시종에게로 시선을 돌렸다. 하지만 그 역시 작게 고개만 저을 뿐이었다.

조금만 더 버텨 주길 바랐다.

많이도 바라지 않았다. 그저 지금의 사태를 진정시킬 때까지만이라도 버텨 주길 바랐지만 결국 황제는 예정보다도 빨리 눈감을 생각인 것 같다.

그렇다면 결정해야 했다.

강행 돌파를 할지, 아니면 황제의 죽음을 미룰 것인지.

"지금 당장 이 사실을 알리고 모든 귀족들을 불러 모아라."

"예."

카리엘은 시종장에게 명령을 내린 후 착잡한 표정으로 황제를 바라보았다.

마음 같아서는 죽음을 숨겼다가 위기가 끝난 이후에 발표하고 싶었지만, 상황이 좋지 않았다.

아이론 연맹이라는 폭탄이 어떻게 터질지 알 수 없는 상황에서 황제의 죽음을 미루는 것에는 의미가 없었다.

얼마 후, 타리온이 도착하자마자 카리엘은 명령을 내렸다.

"공영 신문을 통해 폐하의 마지막이 얼마 남지 않았음을 알려라."

"예."

오늘 밤을 넘기기 힘들다는 내용이 신문을 통해 전해졌고, 광장에서 황제의 죽음이 머지않았음이 실시간으로 알려졌다.

그러자 깜깜한 밤에도 국민들이 하나둘 랜턴과 횃불을 들고 광장으로 모여들었다.

귀족들 역시 다급하게 개방된 황궁을 통해 모여들기 시작했다.

"대신들과 고위 귀족들이 전부 모였습니다."

시종장의 말에 카리엘이 고개를 끄덕였다.

아켈리오를 비롯한 모든 황궁 기사들이 황제의 궁을 중심으로 모여들었고, 그림자를 이끌고 타리온이 황제의 궁을 둘러쌌다.

그렇게 달이 서서히 지기 시작할 무렵, 황제가 눈을 떴다.

"폐하!"

황제가 의식을 차린 것을 보자마자 카리엘이 황급히 다가가 무릎을 꿇었다.

"……마지막이 다가오는……구나."

황제의 말에 카리엘이 눈을 질끈 감았다.

끝까지 황위를 물려받기 싫어하는 자신의 아들을 보고 피식 웃은 황제.

"좀……더 버텨 보고…… 싶었으나…… 내 정신이 더는 버티질 못하는구나."

황제가 더는 버티기 힘들다는 듯 지친 표정으로 카리엘을 바라보았다.

생기가 없는 황제는 죽어 가는 것이 믿기지 않을 정도로 맑은 눈동자를 하고 있었다.

"조금만 더 버텨 주실 수는 없겠습니까?"

카리엘의 말에 황제가 미안한 표정을 지었다.

"이젠 지치는군. 그만 이 자리를 넘겨줄 때가 된 것 같다."

그토록 원했지만, 막상 앉고 나서는 고통의 길을 걷게 했던 황좌.

이제 이 자리를 아들에게 넘겨주고 안식의 길로 떠날 때가 된 것 같았다.

"큭큭~ 억지로 앉혀 놓고 이런 말 하는 게 웃기긴 하지만……."

마른 목소리로 웃은 황제가 떨리는 손으로 카리엘의 손을 붙잡고선 말했다.

"고생하거라."

황제의 말에 카리엘이 입술을 깨물었다.

"최대한 빨리 황좌에 내려오기를…… 저승에서…… 기원
하마."

그 말을 끝으로 웃고 있던 황제는 눈이 서서히 감기면서
고개를 떨구었다.

그 순간 방 안에 있는 시종장과 치료사들이 일제히 무릎을
꿇고 허리를 굽혔다.

"폐하!"

방 안에서 황제의 죽음을 알리는 소리가 들려오자 밖에서
기다리던 귀족들과 대신들 역시 일제히 무릎을 꿇으며 황제
가 승하했음을 알렸다.

암군이라 불렸던 황제가 마침내 죽음을 맞이했다.

몇 대에 걸친 암군으로 인해 밑바닥을 찍었던 제국.

하지만 제국의 암흑기는 이제 끝이었다.

그의 죽음과 동시에 황실의 문양을 부활시킨 제국의 영웅
이 황좌에 오르기 때문이다.

"폐하를 뵙습니다!"

시종장의 외침에 모든 이들이 카리엘을 폐하라 부르며 고
개를 숙였다.

모든 권한을 받았지만 황제가 살아 있다는 이유로 '폐하'라
는 호칭을 극구 반대했던 카리엘.

하지만 이제는 거절할 명분이 없었다.

"폐하를 뵙습니다!"

임종을 지킨 카리엘이 황제의 궁에 나오자마자 모든 귀족들과 대신들이 일제히 카리엘을 향해 인사를 올렸다.

수많은 귀족들의 인사를 받으며 새로운 황제로 정식으로 인정받은 카리엘이 첫 명령을 내렸다.

"제국의 모든 이들에게 선황 폐하의 죽음을 알려라. 앞으로 열흘간 폐하의 장례식이 진행될 것이며 그 기간 동안은 폐하께 조문하러 오는 모든 이에게 황궁을 개방할 것이다. 또한! 모든 전쟁은 멈출 것이며, 설령 적국이라 하더라도 사신단을 보내온다면 막지 않을 것이다."

"폐하의 명을 받듭니다!"

카리엘의 명령에 모두가 우렁찬 목소리로 고개를 숙이며 답했다.

***

황제의 죽음과 함께 제국 곳곳에는 검은 깃발이 걸리기 시작했다.

동시에 수도와 황궁의 문이 개방되었다.

조문하기 위해 찾아온 어떠한 이도 막지 않겠다는 의지를 문을 개방하는 것으로 드러낸 것이다.

그리고 제국이 진행하던 전쟁 역시 멈췄다.

토벌군의 진군을 일제히 멈췄으며 소국 연합과의 전쟁 역시 잠시 멈추었다.

새로운 황제인 카리엘의 명령에 따라 제국은 모든 것을 일제히 중단하고 열흘간 오직 황제의 죽음에 대한 추도만을 했다.

그러자 적대적인 움직임을 보이던 남부 왕국들 역시 군사적인 움직임을 멈추었다.

제국이 먼저 군사적인 움직임을 멈추고 물러나니 서대륙의 모든 국가들 역시 전투를 멈추고 사신단을 꾸리기 시작했다.

카리엘의 결정으로 인해 얼마 전까지 적대했던 것이 거짓말인 것처럼 모두가 황제의 죽음을 기리기 위해 수도로 모였다.

제국이 먼저 굽히면서 모든 이들에게 황제의 죽음을 기려 달라고 서신을 보내니 명분 때문에라도 사신단을 보낼 수밖에 없었던 것이다.

결국 황제의 장례식 덕에 서대륙은 아주 잠깐 동안 평화를 맞이했다.

"폐하, 토벌군이 당도했습니다."

황제가 승하한 지 이틀이 지나자 각 지역에 있던 주요 인물들이 하나둘 당도하기 시작했다.

월크셔 공작과 데이비어 공작, 그리고 변경백들이 수도에 도착했다.

그와 동시에 남부 왕국들과 성국에서도 주요 사신단이 찾아왔다.

대륙 회의 때처럼 서대륙의 주요 강국들의 사신단이 도착하자 본격적으로 황제의 장례식이 시작되었다.

"곧 시작될 것 같습니다."

"가지."

늙은 시종장의 말에 카리엘은 작게 고개를 끄덕이며 자리에서 일어났다.

선황을 모셨던 시종장은 이제 카리엘을 곁에서 모시게 되었다. 동시에 카리엘의 집무실 역시 황제의 궁으로 옮겼다.

그럼에도 불구하고 마치 제 집처럼 지내는 카리엘을 보면서 시종장이 조용히 말했다.

"생각보다 빠르게 적응하셔서 다행이옵니다."

옆에서 걷는 시종장의 말에 카리엘이 눈을 동그랗게 떴다가 피식 웃었다.

전생에 수없이 사용했던 궁이었기에 별 위화감 없이 쓰고 있었지만 시종장이 보기엔 빠르게 적응하는 것처럼 보인 것이다.

"폐하."

"타국의 사신단들은?"

황급히 달려온 타리온에게 카리엘이 나직이 물었다.

"광장 근처에 있는 숙소에 있습니다."

"소국 연합도 왔나?"

"오늘 아침에 도착했습니다."

"반란군은?"

"아무래도 오지 않을 것 같습니다."

타리온의 보고에 카리엘은 작게 고개를 끄덕였다.

명분상 황제의 장례식에 참석하기 위해 온 사신단들이지만 실상은 그렇지 않았다.

제국과의 관계를 재정립할지, 아니면 끝을 보게 될지 결정하기 위함이 컸다.

새로운 황제가 된 카리엘과 마지막 협상을 위해 찾아온 손님들이 장례식을 빌미로 모인 것이다.

카리엘은 이들을 위해 귀족들에게 그러했던 것처럼 마지막 기회를 주고자 했다.

"확실한 동맹은 공국 하나뿐인가?"

카리엘이 씁쓸한 표정을 지으며 말하자 뒤따르는 타리온과 시종장이 가만히 고개를 숙였다.

황제의 죽음을 기리기 위한 장례식이 끝나면 제국은 본격적으로 혼란의 시기에 돌입할 것이다.

본래라면 반란군을 진압하고 소국을 정벌하면서 새로이 서대륙의 질서를 재정립하려 했겠지만, 상황이 좋지 않았다.

"폐하."

"폐하!"

전쟁터로 떠났던 두 동생들이 카리엘에게 다가왔다.

"고생했다."

"죄송합니다."

"빨리 끝냈어야 했는데……."

빨리 끝내지 못했음을 자책하는 동생들을 보며 카리엘이 고개를 저었다.

반란군을 완전히 진압하기에는 시간이 너무 촉박했기 때문이다.

"보고는 받았다. 폐하께서 예사보다 빨리 승하하셨기에 어쩔 수 없었음을 아니 자책은 그만해라."

그렇게 말하면서 한숨을 쉬었다.

반란군도 소국 연합도 제대로 마무리 짓지 못했기에 상황이 꼬였다.

그렇기에 장례식 이후가 중요했다.

"장례식이 끝난 후 너희들은 곧바로 전쟁에 복귀해라."

카리엘의 말에 두 동생들은 굳은 표정으로 고개를 끄덕였다.

"아이론이 심상치 않아."

"많이 심각합니까?"

세리엘의 물음에 카리엘은 작게 고개를 끄덕였다.

"어쩌면 그쪽에서 대규모 반란이 일어날 수도 있을 거다. 로테온이 반란 세력을 돕고 있으니까."

"그렇다면……."

"우린 친제국파를 도와야겠지."

카리엘의 말에 세리엘의 표정이 굳어졌다. 이 말의 의미가 어떤 것인지 알 수 있었기 때문이다.

"대리전입니까?"

"시작은 그럴 거다. 하지만 곧 확전되겠지."

제국이 온전히 부활하는 것을 지켜볼 남부 왕국들이 아니었다. 이미 막대한 배상금을 주고 있는 현 상황에서 소국들까지 죄다 집어삼킨 제국의 다음 목표는 자신들이 될 거라 생각하기 때문이다.

그렇기에 혼란스러운 지금 아이론을 자신들의 세력으로 끌어들여서 압박할 생각을 하고 있었다.

성국 역시 조금씩 칼을 꺼내 들 움직임을 보이고 있었다.

"이미 성국과 남부 왕국들은 밀약을 맺었어. 그러니 사실상 아이론만 남은 상황이지."

아이론을 누가 먹느냐에 따라 앞으로의 향방이 달라질 것이다.

아이론이 밀약을 맺은 성국과 남부 왕국들의 동맹에 추가된다면 제국은 어려운 싸움을 할 것이고, 반대로 제국에 집어삼켜진다면 서대륙은 제국의 천하가 될 것이다.

"이대로 멈출 가능성은 없는 겁니까?"

루피엘의 물음에 카리엘이 피식 웃었다.

"소국 연합이 제국의 속국이 되고, 남부 왕국들이 아이론에 하는 짓을 멈춘다면 가능할 수도 있지. 하지만 그게 가능할까?"

카리엘의 물음에 두 황자들의 안색이 어두워졌다.

"이미 돌이킬 수 없는 강을 건넜어. 이번에 만나는 것은 서로 간의 생각을 상대방에게 알리는 것에 불과해."

그렇게 말한 카리엘은 두 동생들의 어깨를 잡았다.

"그러니 최대한 빨리 마무리 지어야 한다."

"예."

"네."

동생들에게 다시 한번 강조한 카리엘은 작게 고개를 끄덕인 후 황제의 관이 있는 곳으로 향했다.

그리고 황궁의 문을 지나 광장에 도착한 그는 하루를 지낸 뒤 북문부터 4개의 문을 지나 역대 황제들이 묻힌 묘지로 향했다.

황제의 관이 움직일 때마다 같이 움직이는 카리엘과 주요 관료들이 함께 움직인다.

마지막으로 관이 묻히는 순간 공식적인 행사는 끝나며, 사흘간 황제를 위해 밤에 불을 밝히는 것으로 모든 장례식 일정이 끝난다.

"가자."

카리엘의 말에 황제의 시신이 담겨 있는 관이 들어 올려지더니 천천히 광장으로 움직였다.

행렬 맨 앞의 관이 움직이자 그에 따라 행렬이 이동하는 것과 동시에 모든 이들이 검은 깃발을 들어 올리며 고개를 숙였다.

수많은 사람들이 행렬이 움직일 공간을 마련하기 위해 양쪽으로 줄을 섰다.

이윽고 광장에 미리 준비한 곳에 관이 안착했다.

그러자 각국의 사신들이 가장 먼저 와서 황제의 관에 꽃을 놓는 것을 시작으로 수많은 사람들이 광장에 꽃을 올려 두며 황제의 죽음을 기렸다.

그렇게 모두가 황제의 죽음을 기릴 때, 가장 먼저 꽃을 올려 둔 사신들이 카리엘을 찾았다.

"폐하를 뵙습니다."

"로테온인가?"

"그렇습니다."

"그쪽은 탈로스인가?"

"예, 폐하."

남부 왕국들의 사신을 본 카리엘은 한적한 건물로 들어가 모든 사람들을 물렸다.

"먼저 황제 폐하의 죽음을 애도합니다."

사신의 말에 카리엘이 작게 고개를 숙이면서 인사를 받아
주었다.

"날 찾아온 이유는?"

"전쟁을 멈춰 주시길 청합니다."

탈로스의 사신이 고개를 숙이며 청하자 카리엘이 눈을 돌
려 로테온의 사신을 바라보았다.

"소국 연합이 제국에 한 장난질은 잘 알 텐데?"

"예, 그렇기에 중재하고자 합니다."

그렇게 말한 로테온의 사신이 멀리서 간절하게 바라보고
있는 소국들의 사신을 마주 보았다.

그러자 카리엘이 탈로스의 사신을 보았다.

"그쪽도 이 사안 때문에 찾아온 건가?"

"그렇습니다."

"멈추면? 그대들이 소국을 대신해 배상금이라도 줄 생각
인가? 아니면 영토?"

카리엘의 물음에 두 사신의 조용히 소국 연합이 준비한 것
들을 보여 주었다. 영토 일부 그리고 소정의 배상금, 마지막
으로 철저히 중립국이 되겠다는 서약서였다.

서약서에는 남부 왕국과 제국의 중간에서 중립국으로서
어떠한 편도 들지 않겠다는 약조가 담겨 있었다.

동시에 남부 왕국들 역시 제국이 수입하는 필수품에 한해
서 세금을 내려 주겠다는 문서를 보여 주었다.

"대륙의 평화를 위해서 제국이 한 발자국 물러서길 바랍니다."

자신들이 이 정도 했으니 그만 물러나 달라는 말에 카리엘이 피식 웃었다.

그럴듯하게 보이는 문서들.

하지만 자세히 들여다보면 그냥 제국보고 이제 그만하라는 말이나 다름없었다.

"고작 땅덩어리 조금에 쥐알탱이만 한 배상금이라……. 거기에 필수품에 대한 관세를 낮춰 주겠다?"

어이가 없다는 듯 웃는 카리엘.

어차피 소국 연합은 곧 박살 날 것이고, 그럼 그 땅과 재물들은 전부 제국이 갖게 될 것이다.

거기다 제국이 동부의 아이사르만을 먹은 이상 동대륙에서 수입하는 필수품들 역시 굳이 남부 왕국들을 거칠 필요가 없었다.

"거절하지. 전쟁을 멈추고 싶으면 더 내놓으라고 해."

"더 이상 바라시는 것은 불가능하옵니다. 이 이상 바라신다면……."

"바란다면? 제국과 전쟁이라도 하고자 하는가?"

로테온의 사신을 보면서 싸늘하게 말한 카리엘이 기세를 드러냈다.

그러자 자연스레 드러나는 이마의 문양.

그것을 본 두 사신이 침을 꿀꺽 삼켰다.

황실의 문양이 다시 나타난 이상 제국이 흔들릴 일은 없었다.

모든 것이 카리엘의 뜻에 따라 움직이기 때문이다.

그렇다는 건 지금 카리엘이 보이는 모습이 앞으로 제국이 나아갈 방향이라는 뜻.

"로테온을 적으로 돌리시려는 것입니까?"

"마치 우리가 죄를 지은 것처럼 얘기하는군. 소국 연합을 갖고 장난질을 친 건 그대들이 먼저 아닌가? 무엇보다…… 전쟁을 정말 멈추고자 했으면 아이론을 건들지 말았어야지."

다 알고 있다는 듯 카리엘이 빙그레 웃으면서 말했다.

"어차피 그대들도 의견이 좁혀지지 않을 거란 걸 잘 알고 있겠지. 서로의 입장을 확인하러 온 것 아닌가?"

"……."

"……."

"성국과 그대들이 밀약을 맺었음을 알고 있다."

카리엘은 테이블을 '탕!' 하고 내려치면서 말했다.

"그대들의 왕에게 전하라. 제국의 다음 전쟁 지역은 아이론이 될 것이니 제대로 붙어 보자고."

그 말을 끝으로 카리엘은 자리에서 일어났다.

"폐하를 위해 여기까지 와 준 점은 고맙게 생각하지. 그 점을 가상히 여겨 장례식이 끝나고 보름간은 그대들에 대한 압박을 멈춰 주겠다."

그 말과 함께 건물에서 벗어나 황궁으로 돌아가는 카리엘.

"결국 이렇게 되는군."

"후…… 제국과의 전쟁이라……. 쉽지 않겠어."

하나로 뭉친 제국의 힘이 얼마나 강한지는 몇백 년간 뼈저리게 느껴 왔다.

그렇기에 서대륙의 모든 국가들은 막대한 자금을 쏟아부어 제국이 분열되게끔 조장해 왔다.

제국의 귀족들은 그걸 알면서도 눈앞의 돈에 정신을 팔며 분열해 왔었다.

그런데 지금 그 제국을 한데 모을 황제가 남부 왕국들을 상대로 선전포고한 것이다.

"어서 보고하러 가야겠군."

"그래."

서로 가까운 두 나라의 사신이 각국의 왕에게 보고하러 가기 위해 자리에서 일어났다.

그러다 문득 생각났다는 듯, 로테온의 사신이 소국들의 사신들을 바라보았다.

"저들은 이제 끝이군."

"우리도 저 꼴이 나지 않으려면 열심히 움직여야겠지."

로테온 사신의 말에 탈로스의 사신이 한숨을 쉬었다.

로테온의 사신은 작게 고개를 끄덕였다.

사실상 황제의 장례식은 서대륙의 전쟁이 시작되기 전에 이뤄지는 마지막 휴식 같은 것이었다.

　장례식이 끝나는 순간부터 남부 왕국들과 성국은 바삐 움직일 것이며 제국 역시 거대한 힘을 서서히 서쪽으로 움직일 것이다.

✳

　"타리온."

　"부르셨습니까."

　"대신들을 비밀리에 소집해."

　"예."

　타리온에게 명령을 내린 카리엘은 작게 한숨을 쉬면서 하늘을 올려다보았다.

　상황이 급박하게 돌아간다.

　"은퇴는 글렀을지도……."

　그렇게 중얼거린 카리엘이 한숨을 쉬었다.

　한발만 물러섰으면 편안한 황제 생활을 했을지도 모른다.

　하지만 마음속에 남아 있는 자존심이 그것을 허락하지 않았다.

　잘못한 것도 없는데 왜 물러선단 말인가?

　"잘됐어. 이참에 전생에 당했던 것을 이자까지 쳐서 갚아

주자."

그렇게 중얼거린 카리엘이 오히려 좋다고 애써 되뇌었다.

하지만 작게 말아 쥔 그의 주먹은 이미 떨리고 있었다. 이번 결정으로 그의 은퇴는 한없이 멀어졌기 때문이다.

일복 터진 황제님!

마침내 모든 일정이 끝나고 황제의 장례식은 막바지를 향해 달려갔다.

선황의 관이 무덤에 묻히는 순간, 카리엘을 비롯한 대신들은 밤낮없이 일했다.

변경백들과 토벌군들 역시 하나둘 본래의 자리로 돌아갔다.

제국민들이 선황을 기리는 마지막 3일.

그 3일 동안 제국의 군대와 관료들은 서대륙에 일어날 거대한 흐름을 쫓기 위해 동분서주했다.

그러다 보니 다른 국가들의 사신들 역시 빠르게 자국으로 돌아갔다.

시작은 남부 쪽에서부터 일어났다.

"남부 왕국들의 움직임이 심상치 않습니다."

타리온이 심각한 표정으로 보고하면서 서대륙의 전체적인 상황들을 설명했다.

"가장 먼저 로테온이 움직였습니다. 현재 로테온의 군대는 아이론으로 집결 중입니다."

"남부 변경백이 있을 텐데?"

"무시하고 움직이고 있습니다."

타리온의 보고에 카리엘은 어이없다는 표정을 지었다.

"제국이 자신들을 치지 못할 거라는 확신인가? 아니면…….."

로테온이 노리는 게 무엇인지 모르겠다는 표정으로 보고서를 읽어 가던 카리엘이 멈칫했다.

"아이론 연맹 안에 로테온의 첩자들이 얼마나 있지?"

"천여 명 정도로 추산하고 있습니다."

"……줄었네?"

카리엘의 물음에 타리온이 흠칫했다.

제국이 친제국파를 만들기 위해 아이론에 대규모로 투자하고 있는 상황에서 로테온이 인원을 줄인다?

뭔가 냄새가 좋지 않음을 직감적으로 파악한 카리엘은 타리온을 바라보았다.

"느낌이 좋지 않아."

"……알아보겠습니다."

"그래. 만약의 상황을 대비해서 아이론으로 들어간 특수군도 언제든 몸을 뺄 수 있도록 조치해."

"예."

"아이론과 로테온에 눈에 띌 행동을 해서는 안 된다는 거, 알지?"

카리엘의 말에 타리온이 고개를 끄덕였다.

현재 아이론에서는 친제국파와 반대파가 격렬하게 대립 중이었다.

반대파는 로테온과 탈로스에게 지원받고 있었고, 친제국파는 그걸 막기 위해 제국의 군대를 자국에 주둔하게 하는 강수까지 두었다.

그런데 이 모든 게 연기라면?

'이미 그때부터 친제국파까지 배신했던 거였나?'

남부 왕국과 성국이 밀약을 맺을 당시 아이론 역시 제국과의 동맹을 파기할 움직임이 있었다.

그 이후 세력이 약한 친제국파를 도우며 두 파벌로 나뉘게끔 작업해 놨는데, 그 모든 게 연기에 불과한 거라면 제국은 아이론에 돈만 퍼 준 셈이 되는 것이다.

"아이론을 '적'이라고 규정해야 하나?"

그렇게 중얼거린 카리엘은 골치 아프다는 표정을 지었다.

아이론 내부가 너무 복잡하게 돌아가서 도대체 어떻게 되어 가고 있는 건지 쉽사리 판단이 서지 않았다.

제국의 정보부는 무능하지 않다.

만약 아이론에 진짜로 제국의 '적'만 남았다면 눈치챘을 것이다.

분명한 건 지금 아이론 내부에서는 격렬하게 대립하고 있다는 것이었다.

돈이라면 환장할 상인들이 자신들의 상권이 박살 나는 것을 감수하고서 대립 중이다.

이미 아이론은 친제국파와 반대파의 대립만으로 실시간으로 막대한 자금을 소모하는 중이었다.

제국의 돈을 털어먹으려는 것치고는 규모가 너무 큰 것이다.

"이게 만약 장난질이라면 아이론의 배짱이 대단한 것이겠지."

그렇게 중얼거린 카리엘은 다시금 일에 열중했다.

이미 남부 왕국들과는 확실히 갈라선 상태였다. 그렇기에 최대한 빨리 제국 내부를 수습해야 했다.

서대륙은 이미 공국을 제외한 모든 곳이 제국의 적으로 상정하고 있어야 했기에 해야 할 일이 많았다.

대신들도 그것을 알기에 모든 것을 만약을 상정하고 움직였다.

언제든 군수물자를 댈 수 있도록 준비하고, 물자를 빠르게 나를 수 있도록 도로를 정비할 준비를 했다.

그중에서 가장 큰 것은 마탑과의 계약이었다.

✦

"폐하."

"재상인가?"

자신을 찾아온 윈스턴을 본 카리엘은 자리에서 일어나 테이블로 향했다.

늙은 윈스턴을 배려해서 서서 보고받지 않고 손님을 맞는 것처럼 테이블에 앉아서 차를 준비시켰다.

"마탑에 관련된 보고서입니다."

"저들이 내 의도를 알아차렸군?"

카리엘이 웃으며 말하자 윈스턴이 무거운 표정으로 고개를 끄덕였다.

"그런 듯싶습니다."

현재 마탑이 갖고 있는 강력한 이권들.

카리엘이 보기에 제국의 발전을 저해하는 가장 큰 요소 중 하나였다.

공업 국가로 발전하다 보면 귀족들의 권리는 자연스레 무너지게 된다.

하지만 마공학을 통해 기술을 습득했기에 '마탑'의 범위 내에서만 발전이 허용되었다.

마법이 아니면 구동될 수 없는 물품들이 수두룩했다.

군이 마법이 아니어도 될 만한 것들 역시 마법을 넣어서 공학을 발전시키지 못하게끔 막아 왔다.

오직 자신들의 지위를 굳건히 하기 위해서 그리한 것이다.

그렇게 오랜 시간이 지나자 모든 공학은 마법이 없으면 안 되는 것처럼 여겨지며 현재까지 이어졌다.

하지만 지구에서의 삶을 살았던 카리엘이기에 전생엔 공학을 발전시킬 씨앗을 심고 키워 낼 수 있었다.

하지만 그때는 마탑도 반쯤 붕괴된 상태였고, 제국 역시 맛이 간 상태여서 먹힌 것이었다.

지금의 마탑은 굳건하기에 준비가 필요했다.

"폐하, 지금 마탑을 건드리는 건 시기상조 같습니다."

"나도 알고 있네. 그저 준비만 하는 것뿐이야. 이것들을 사용하는 것은 먼 훗날이 될 거야."

마탑도 대신들도, 언젠가는 카리엘이 개혁할 것임을 잘 알았다.

이미 동부 지역은 혁명 세력이 주요 사안들을 이끌어 나가고 있었고, 세일럼 항구에서는 대규모 공업단지가 준비되고 있었다.

그로 인해 주변 영지에 있던 영지민들이 대거 세일럼 항구로 몰려들면서 과세율로 쥐어짜던 영주들이 세금을 낮추고 영지민을 확보해 두려는 움직임이 일고 있었다.

이것이 제국 전역으로 확대된다면 하나의 혁명이 일어나게 되는 것이다.

그렇기에 귀족들이 반발했던 것이지만 어설픈 저항으로 카리엘에게 손쉽게 꺾여 버렸다.

반면에 마탑은 달랐다. 귀족들이 반발할 때도 마탑은 조용했다.

오히려 그 시기에 카리엘이 쉽사리 자신들의 이권을 넘보지 못하도록 준비한 것이다.

그렇기에 섣부르게 마탑을 건드렸다간 큰 화를 입을 수도 있었다. 윈스턴은 바로 이 점을 걱정하는 것이었다.

"그대의 걱정이 무엇인지는 알고 있다."

카리엘 역시 윈스턴이 무엇을 걱정하는지 알고 있기에 계획만 세워 둘 뿐 어떠한 것도 시행하지 않았다.

마탑을 치기엔 명분도, 힘도 부족하다.

그렇기에 지금은 사전 준비만 할 것이다.

지금 비밀리에 준비하는 모든 계획들은 반란군이 정리된 후 제국이 안정기에 접어들 때 시행할 것들이다.

'모든 계획들이 이뤄지면 귀족이란 신분을 명예직으로 끌어내릴 수도 있겠지.'

속으로 그렇게 생각한 카리엘이 눈을 빛냈다.

세일럼을 시작으로 주요 도시에서 부유층을 대거 만들어 내면서 귀족들을 허울뿐인 존재로 만든다.

그 이후에 '마법'을 지금의 절대적 위치에서 공학이나 다른 학문들 중 하나에 불과할 뿐인 존재로 끌어내린다.

그 순간 제국은 변혁을 맞이하게 될 것이다.

하지만 이 계획들이 진행되기 전까진 귀족들이나 마법사들 같은 기존의 고위층의 반발을 최대한 잠재울 필요가 있었다.

거기까지 생각한 카리엘은 윈스턴을 바라보았다.

"품 안에 든 것이 사직서라면 넣어 두게."

"폐하, 소신은 너무 늙었습니다. 앞서 보고한 바와 같이 능력 있는 이들 중 하나를 재상에 임명하시는 편이 앞으로 정국을 이끌어 나가기에 편할 것이옵니다."

윈스턴의 말에 카리엘이 피식 웃으며 말했다.

"지금 귀족들의 불만을 잠재우고 있는 건 그대가 있기 때문이다. 그런데 자네가 빠지면?"

카리엘의 말에 윈스턴의 입이 다물렸다.

"나도 앞으론 무리하게 귀족들이 반발할 정책들은 시행하지 않을 생각이야. 모든 계획은 내부가 정리된 이후일 테니 그때까지만 힘내 주게."

"그때는……."

"그대의 사직서를 받아 주겠네."

카리엘의 대답에 한참을 품속에 있는 사직서를 만지작거리던 윈스턴이 고개를 숙였다.

"후…… 알겠습니다."

오늘도 사직서를 들고 찾아온 윈스턴을 잘 달래서 돌려보낸 카리엘.

마음 같아선 능력 있는 자를 재상의 자리에 앉히고 싶지만, 아직은 때가 아니었다.

무엇보다 윈스턴의 능력 역시 쓸 만하다는 점이다.

일단 귀족들이 천거한 인물답게 귀족원이 윈스턴의 말이라면 어느 정도 들어먹는기도 했고, 윈스턴 본인도 정치 생활을 오래 한 인물답게 눈치가 빨랐다.

카리엘의 의도를 어느 정도는 읽어 내면서 사전에 큰일이 벌어지기 전에 매듭을 지어 주는 경우가 많았다.

그렇기에 카리엘의 계획이 본궤도에 오르기 전까지는 윈스턴이 재상의 자리를 지켜 주어야 했다.

문제는 카리엘이 보기에 그때가 언제가 될지 알 수 없다는 점이었다.

적어도 몇 년은 걸릴 장기 계획이라는 점.

그렇다는 건 윈스턴은 최소 그 시간 동안은 재상의 자리를 지켜 주어야 한다는 뜻이다.

"그래도 나보단 빨리 은퇴할 테니 원망 말게."

그렇게 중얼거린 카리엘은 자신의 집무실을 바라보았다.

서류 더미로 가득 찬 풍경은 관료들조차 질릴 정도였다.

하지만 카리엘은 그나마 약과였다.

대신들과 중앙 관료들은 이보다 더한 풍경 속에 있으리라.

"해도 해도 끝이 없네."

없는 것처럼 보여도 막상 찾아보면 넘치는 게 일인 것처럼, 그동안 그럭저럭 무난하게 넘어갔던 일들도 자세히 들춰 보니 문제가 많았다.

하나하나는 사소한 것이지만, 전부 모아서 보면 거대한 문제가 되는 법.

카리엘 입장에서도 이런 것은 덮어 두고 넘어가고 싶지만, 연이은 전쟁으로 인해 한 푼이라도 아껴야 하기에 지출을 최대한 줄여야 했다.

사소한 것들을 고쳐 나가면서 그동안 관례처럼 여겨지던 작은 비리들까지 모조리 틀어막아 버리자 무려 제국의 1분기 예산의 20분의 1을 확보할 수 있었다.

1분기 예산의 20분의 1이라고 하니 얼마 안 되는 것처럼 보이지만 토벌군을 1년 내내 지원할 수 있을 만큼 막대한 돈이었다.

결과가 이렇게 나오니 매일 야근으로 불만을 표하던 관료들도 입을 다물 수밖에 없었다.

반란군과 소국 연합이 끝이 아니라 불안한 서대륙의 정세까지 생각하면 앞으로 아낄 수 있는 돈은 아끼고 봐야 했기에 과로로 죽을 것 같은 몸을 억지로 끌고 나와 일했다.

그 결과 황제부터 말단 직원까지 전부 좀비처럼 다 죽어

가는 얼굴을 하게 되었다.

이미 수도에는 중앙 부처는 절대 가지 말아야 하는 1순위 부서라는 소문이 파다하게 퍼져 있었다.

※※※

"지옥이네."

해도 해도 끝나지 않는 서류 지옥.

그곳에 갇혀 있던 카리엘은 어느 날 밤늦게 미리엘을 찾아갔다.

졸린 눈으로 찾아오기를 기다렸던 미리엘이 웃으면서 다가왔다.

그나마 밤마다 미리엘을 보면서 힐링을 해서 다행이지, 그러지 못했다면 모든 분노를 담아 관료들을 굴렸을 것이다.

조금이나마 관료들에게 자비를 베푸는 건 전부 미리엘 덕분이었다.

"나도 열심히 공부해서 도울 거예요."

"음…… 그래도 어렸을 땐 놀아야지. 너무 공부만 하는 것도 좋지 않아."

카리엘이 미리엘의 머리를 쓰다듬어 주면서 말했다.

그러자 뭐가 그렇게 불만스러운지 볼을 부풀리는 미리엘.

"나만 놀긴 싫어요."

오빠들은 전부 열심히 일하는데 자기만 평화로운 시간을 보내는 게 미안한지 자꾸 공부하려는 미리엘.

그런 그녀를 보며 오히려 카리엘은 노는 시간을 더 늘려 버렸다.

미리엘만큼은 이 지옥에 빨리 들어오지 않기를 바라는 마음도 있었고, 어렸을 때만이라도 행복한 시간을 보내기를 바라기도 했기 때문이다.

"지금은 그렇게 생각할지 몰라도 나중이 되면 지금을 그리워할 거야."

볼을 부풀리는 미리엘과 놀아 주던 카리엘은 그녀를 재워 놓고 밖으로 나왔다.

지친 몸을 이끌고 황제 궁에 도착하자 늙은 시종장이 허리를 굽히며 말했다.

"폐하, 북부에서 까마귀가 왔습니다."

시종장의 보고에 카리엘은 굳은 표정으로 안으로 들어갔다.

"폐하를 뵙니다."

검은 옷을 입은 까마귀가 무릎을 꿇은 채 검은 종이를 바쳤다. 서신이었다.

카리엘은 서신을 읽어 내려갔다.

"……마침내 움직였군."

마침내 성국이 움직였다.

그렇다는 건 성국의 늙은 여우가 어느 정도 승산이 있다고 판단했다는 뜻일 터.

"어려운 싸움이 되겠군."

그렇게 중얼거린 카리엘은 나직이 한숨을 쉬었다.

선황에 의해 만들어졌던 잠시간의 평화가 끝나고 본격적인 격전의 시대에 돌입하는 것이다.

❊

황궁 안에 있는 모두가 예상한 것처럼 선황이 장례식이 끝난 순간을 기점으로 아이론에서 내전이 발발했다.

상인답게 시작은 돈의 전쟁이었다.

서로의 자금 흐름을 방해하면서 힘을 갉아먹고 있었다.

이미 하위권 상단들은 이 싸움에 반쯤 망한 상황이 되어 있었다.

"상당히 진행이 빠르네."

"그런 것 같습니다."

타리온의 보고를 들은 카리엘은 심각한 표정을 지었다.

회의를 위해 집무실로 찾아온 대신들 역시 무거운 표정으로 생각에 잠겼다.

2개의 파벌로 나뉜 아이론의 수많은 상단들.

그들 중 대다수가 벌써부터 무너지고 있었다.

그중에서 가장 심각한 것은 친제국파였다.

"다행히 배신은 아니었군."

"예."

안도의 한숨을 쉬며 말하는 카리엘을 보며 타리온도 다행이라는 듯 고개를 끄덕였다.

사실 현재의 친제국파도 마지막까지 간을 보기는 했다.

실제로 카리엘이 동부에 있을 때만 하더라도 친제국파 대부분이 남부 왕국들과 밀약을 맺기도 했다.

그것을 중재하고 적어도 제국과의 약조한 기간은 지켜야 한다고 주장한 게 제이론이었다.

그리고 지금까지 그걸 끌고 와서 친제국파를 만든 것도 오로지 제이론 폴의 역량 덕분이었다.

다만 같은 파벌인 줄 알았던 상단들 다수가 로테온 쪽으로 넘어간 게 문제였다.

그로 인해 현재 친제국파의 상단들이 곤욕을 치르고 있었다.

지금도 실시간으로 세력이 밀려나고 있었고, 언제 패배해도 이상하지 않을 상황이었다.

그나마 지금까지 버틸 수 있었던 것은 제이론의 상단이 워낙 압도적인 덕분이었다.

"현시점에서 제국이 도울 수 있는 방법은?"

"외교적으로는 힘듭니다."

외무대신의 말에 카리엘은 군부대신을 바라보았다. 그러나 군부대신도 고개를 저었다.

"이미 한계입니다. 적어도 내전은 마무리 지어야 군을 움직일 수 있습니다."

이미 제국의 모든 군은 각 국가를 견제하는 데에 동원되었기에 움직일 만한 병력이 없었다.

그나마 있는 거라곤 수도 방위군과 남은 중앙군 정도인데, 이들마저 빼 버리면 중앙이 텅텅 비게 된다.

"제국의 상단들이 아이론을 도울 방법이 있나?"

"서부 상단들이 도울 수는 있겠습니다만…… 그러면 본격적으로 저들의 내전에 개입하는 꼴이 됩니다."

재무대신의 말에 재상이 이해가 안 가는 듯 고개를 갸웃거렸다.

"저들도 그러지 않은가?"

실제로 로테온도 아이론에 엄청난 자금을 지원해 주고 있었다.

"비밀리에 자금을 지원하는 것과 상단들이 들어가서 지원하는 것은 다른 문제입니다. 로테온은 아직 자신들의 상단을 아이론에 보내지 않고 있습니다."

겉으로나마 내전 중인 아이론에 간섭하지 않고 있다는 것을 보여 주는 것이다.

"그런데 이렇게 차이가 난단 말인가?"

재상의 물음에 재무대신이 무겁게 고개를 끄덕였다.

"아이론과 남부의 교역량이 제국보다 많기 때문입니다."

"그럴 리가……. 제국으로 들어오는 물량이……."

"서부가 주로 교역하는 물품과 남부 왕국들이 교역하는 동대륙의 물품들을 서로 교환해서 생기는 일입니다."

재무대신의 말에 카리엘을 비롯한 모든 이들이 그에게 시선을 집중했다.

각국에는 자신 있는 분야가 있었다.

마탑만 해도 각국마다 특색이 다다르니 상단은 말할 것도 없었다.

그 주력하는 분야에 동대륙이나 신대륙에서 오는 광석이나 물품이 필요한 경우가 있는데, 그것을 서로 거래하면서 완제품만 제국에 파는 형식이었다.

"호구네."

한마디로 정리한 카리엘이 미간을 찌푸렸다. 그러자 재상을 비롯한 대신들이 고개를 숙였다.

모두 자신들이 과거에 잘못해서 이렇게 된 것이기 때문이다.

'역시 마탑이 문제야. 상황이 정리되면 가장 먼저 마탑을 정리해야겠어.'

속으로 그렇게 생각한 카리엘이 한숨을 쉬었다.

제국이 삽질하면서 퇴보하는 동안 소국이었던 남부 왕국

들과 신생 국가 아이론은 발전을 위해 제약을 풀고 빠르게 발전시키고 있었다.

100년 가까이 삽질을 반복한 결과 강대했던 제국은 비웃음을 당하는 처지가 된 것이다.

그나마 제국이 유지된 건 강력한 마스터들과 병력, 그리고 적어도 무기에 한해서만큼 나름 발전된 체제를 갖고 있었던 덕분이다.

"고개 숙이고 반성회라도 할 거야?"

카리엘의 물음에 움찔하는 대신들.

"반성할 시간에 일해. 시간이 없어."

그렇게 말한 카리엘은 재무대신에게 말했다.

"서부 상단주들을 모아서 여차하면 개입하도록 해."

"하오나……."

말리려는 재무대신을 손을 들어 제지한 카리엘은 곧바로 외무대신을 바라보았다.

"외무대신."

"예."

"성국와 남부 왕국들한테 강력하게 항의해. 지금 당장 군을 물리고 아이론에서 물러나지 않는다면 제국과의 전쟁이 시작될 거라고."

"……선전포고입니까?"

외무대신의 물음에 카리엘이 작게 고개를 끄덕였다.

"어차피 전쟁은 예정되어 있잖아. 그럼 명분이라도 찾아야지. 재무대신은 저들이 강하게 나오는 순간 곧바로 개입할 준비를 해."

"예!"

"군부대신."

"예."

"중앙군을 움직일 준비를 해."

카리엘의 말에 군부대신의 눈이 동그랗게 떠졌다.

"폐하!"

"준비만 하는 거야."

카리엘의 말에 이해가 안 가는 듯 고개를 갸웃거리는 군부대신과 대신들.

그런 그들을 위해 카리엘이 말했다.

"중앙군과 수도 방위군 일부를 움직여서 당장이라도 출정한 것처럼 연기해, 여차하면 내가 직접 아이론을 돕기 위해 친정할 수도 있을 것처럼."

"폐하."

"안 나가."

다급하게 말하는 타리온에게 카리엘이 안 나간다고 못 박았지만, 모두들 믿지 않았다.

카리엘의 성정을 익히 아는지라 여차하면 나갈 사람이라는 것을 모두가 알고 있었기 때문이다.

"현시점에서 제국의 남은 병력이 중앙군과 수도 방위군 일부라면 내가 직접 움직이는 게 맞긴 해."

"하오나 너무 위험합니다."

"단순한 위협만 하는 거면 위험하진 않지. 그리고 내가 움직임으로써 마스터와 황궁 기사들을 사용할 수 있게 된다. 그것만으로도 저들은 큰 압박을 받을 거야."

그렇게 말한 카리엘이 대신들을 바라보았다.

"어디까지나 만약을 준비하자는 거야."

위정자라면 언제나 만약의 사태를 대비할 방법을 마련해 놓아야 했다.

설사 진짜 사용할 일이 없더라도 준비는 해 두어야 하는 법.

그렇기에 다들 한숨을 쉬면서 고개를 끄덕였다.

이제 황제가 친정할 경우를 대비해서 재상을 중심으로 비상 체제를 구축해 놓아야 했다.

가뜩이나 일이 많은 대신들인데, 또다시 큼지막한 일이 던져졌으니 죽을 맛이었다.

"힘들면 귀족원에 도움 좀 요청해."

말이 끝나기 무섭게 푹 숙여져 있던 대신들의 머리가 곧바로 들렸다. 카리엘이 죽어 가는 대신들을 위해 꺼낸 말에 반사적으로 반응한 것이다.

"괜찮으시겠습니까?"

재상의 물음에 카리엘이 안 될 것 없다는 듯 고개를 끄덕였다.

"내가 귀족들과 대립하는 이유는 쓰레기들을 자꾸 정부에 밀어 넣으려는 것 때문이지, 그들을 배척하려는 게 아니야. 그들을 배척할 생각이었다면 혁명 세력을 쓰지도 않았겠지."

그렇게 말한 카리엘이 반쯤 죽어 가는 대신들을 바라보았다.

"일을 줄이고 싶으면 제대로 된 녀석들로 뽑아 봐. 이번만큼은 인사 관리에 어떤 관여도 안 할 것을 약속하지."

"예!"

카리엘의 약속에 모든 대신들이 환하게 웃으며 대답했다.

"타리온은 내무대신에게 말해 둬."

"예!"

타리온에게 명령을 내리는 것을 마지막으로 카리엘은 모두를 물렸다.

손짓 한 번으로 대신들을 물린 카리엘이 의자에 축 늘어져 창문을 바라보았다.

"……끝이 없네."

제일 거지 같은 때에 황좌에 올랐기에 카리엘의 일은 도무지 줄지를 않았다.

황위를 물려받은 지 한 달도 안 돼서 굵직한 일들이 연이어서 터지고 있었기 때문이다.

"불러와야 하나?"

그렇게 중얼거린 카리엘은 한창 세일럼에서 일하고 있는 능력자들을 생각했다.

가끔가다 올라오는 보고서를 볼 때면 그곳만은 다른 세계에 있는 것 같은 기분이 들었다.

아이론의 내전과 제국의 내전으로 어지러운 제국의 상황과는 다르게 착실하게 발전하면서 동시에 여러 정책들이 시험적으로 진행되고 있었다.

정체된 상황에서 굵직한 사건들을 처리하기 급급한 제국과는 완전히 다른 상황인 것이다.

물론 동부의 귀족들은 죽을 맛이었다.

세일럼의 발전으로 근방의 영주들은 좀 살 만해졌지만 나머지 영주들은 죽을 맛이었다. 영지민들이 자꾸만 세일럼으로 향하고 있었기 때문이다.

그 바람에 이미 인근의 힘이 약한 영주들은 세일럼이라는 도시에 영지를 팔 생각까지 하고 있었다.

"변혁이라……."

비록 동부의 일부 지역에만 해당되는 얘기였지만 변혁은 이미 시작되고 있었다.

평민이라는 이유로 밀려나거나 소외되었던 자들이 대거 몰려들면서 세일럼은 이미 서대륙 최고의 자유도시가 되어가고 있었다.

비록 아직 부족한 게 많고 여전히 발전해야 하는 처지이지만, 그럼에도 불구하고 세일럼의 가치는 수직 상승하고 있는 것이다.

"인재가 부족해."

마음 같아서는 확 질러 버리고 싶었다.

하지만 아직은 참아야 했다. 적어도 내전이 끝날 때까지만이라도 참아야 했다.

"대체 언제 끝날는지……."

하루가 지날 때마다 점점 초췌해져 가는 자신의 얼굴을 보고 있노라면 착잡하기만 했다.

그래도 나름 잘생긴 얼굴을 가졌던 자신인데 이제는 초췌한 흔한 직장인에 불과했다.

부디 내전이 얼른 끝나기를 바라면서 카리엘은 지옥 같은 책상에 얼굴을 파묻었다.

‍* * *

그렇게 카리엘이 다시금 서류 지옥에 빠져 있는 동안 대신들은 내무대신을 향해 뇌물 공세를 펼쳤다.

"자네 요즘 몸이 허하지? 이것 좀 받게."

"됐네. 이걸 줘도 자네한테 줄 인원은 정해져 있어."

외무대신이 은근하게 고급 포션 하나를 들이밀었으나 단

호하게 거절하는 내무대신.

이미 온갖 대신들과 고위 관료들이 내무부를 들른 지 오래였다.

심지어 재상까지 왔다 갔었다.

그럼에도 불구하고 내무대신이 할 수 있는 말은 한 가지뿐이었다.

"정해진 인원대로만 분배해 줄 걸세."

"우리 사이에 쩨쩨하게 굴 건가?"

"자네를 더 챙겨 주면? 다른 대신들은 어떨 것 같은가? 무엇보다 난 그 후에 폐하한테 불려 갈 텐데, 버틸 자신이 없네."

생각만으로도 무섭다는 듯 두려움에 떨면서 몸을 떠는 내무대신을 보며 외무대신이 한숨을 쉬었다.

마음 같아서는 은퇴하고 싶었다.

하지만 보고할 때마다 사직서를 챙겨 가는 재상마저 붙잡혀서 구르는 중이다.

그런데 자신들이 은퇴할 수 있을까?

"후…… 그럼 제대로 뽑아 주게."

"그래야지."

외무대신의 말에 내무대신은 무겁게 고개를 끄덕이며 말했다.

이대로 있다가는 죽는다. 그걸 알기에 카리엘도 인원을 더 충원하라고 명령한 것이다. 무려 쓰레기라고 혐오하는 귀족원의 귀족들을 뽑으라고 명한 것이다.

진짜 뒈질 것 같으니 부족한 놈이라도 뽑아서 일단 땜빵이라도 하라는 뜻이다.

그런 카리엘의 의도를 잘 알기에 일주일에 걸쳐서 귀족들이 대거 등용되었다.

일단 부족한 놈이라도 아카데미는 나왔으니 최소한의 학식은 갖추었을 터.

굴려 보고 정 안 되면 내보내자는 생각으로 뽑은 것이었으나…….

"장난하나?"

"……송구합니다."

카리엘의 싸늘한 눈초리에 내무대신이 식은땀을 흘리며 고개를 숙였다.

초짜를 가르치느라 일이 더 늘어난 것도 문제지만, 몇몇 귀족들이 일 잘하는 평민들에게 시비를 걸면서 일 처리가 늦어진 것이다.

"이대로 있다간 다 죽어."

초췌한 몰골로 말하는 카리엘을 보며 내무대신이 눈물을 흘렸다. 황제부터 말단 관료들까지 일에 치여 죽을 판국이었기 때문이다.

바로 그때, 타리온이 다급하게 들어왔다.

"폐하! 반란군을 진압했습니다!"

타리온의 보고를 듣는 순간 카리엘과 내무대신의 얼굴이 동시에 환해지기 시작했다. 그러고는 서로의 얼굴을 바라보며 똑같이 생각했다.

'일거리가 줄었다!'

대관식!

드디어 길고 긴 반란군 진압이 끝났다.

보고받은 즉시 토벌군이 복귀할 걸란 생각과 달리 그들은
더 남쪽으로 향했다.

고전하는 데이비어 공작의 군대를 돕기 위함이었다.

반란군에 패색이 짙어지자 도망친 자들이 전부 소국 연합
에 몰려들었기 때문이다.

살기 위해 소국으로 도망친 자들이 최후의 항전을 벌이자
천하의 데이비어 공작도 고전할 수밖에 없었다.

"일단 루피엘의 판정승인가?"

그렇게 중얼거린 카리엘이 타리온의 보고서를 옆에 두고
지도를 살폈다.

반란군의 도주 루트와 소국 연합군의 진형 등이 상세하게 표시되어 있었다. 그것들을 다시금 조정해서 현시점의 상황대로 깃발을 배치했다.

그러자 반란군을 상징하는 붉은 깃발 역시 제국 내에서 밖으로 대다수가 빠져나가 있는 형태가 되었다.

이 점 때문에 세리엘이 아직도 소국 연합을 박살 내지 못했지만 그것조차 자신을 탓할 수밖에 없었다.

꼬우면 자신이 먼저 소국 연합을 상대로 승리했어야 했다.

"남은 건 소국 연합뿐인가?"

"예."

카리엘의 말에 타리온이 고개를 숙이며 대답했다.

이제 지도에 남은 건 소국 연합을 상징하는 검은 깃발들뿐이었다. 붉은 깃발들 역시 소국 연합에 합류한 이상 그들의 군대나 다름없었기 때문이다.

"그래도 한시름 놓았습니다."

타리온의 말에 카리엘이 고개를 끄덕였다.

반란군이 진압되면서 남부 쪽에서 올라오던 엄청난 양의 보고서가 사라졌다.

반나절에 한 번씩 남부의 각 지역에서 올라오는 보고서 때문에 업무가 마비될 정도였는데, 그게 사라진 것이다.

전후 처리가 남아 있지만 그건 급하지가 않았다.

"일이 줄긴 했으니 관료들도 한시름 놓긴 하겠지."

"그럴 것입니다."

타리온도 한숨 돌렸다는 듯 긴 숨을 내뱉었다.

"이제 정말로 남은 건 외부의 적들뿐이군."

"예."

이제야 겨우 내부를 제대로 단속할 수 있는 기회를 얻었
다.

"소국 연합의 토벌은 얼마나 걸릴 것 같지?"

"한 달은 걸릴 것 같다 합니다."

"남부 변경백한테 연통을 넣어, 합류해서 쓸어 버리라고."

카리엘의 명령에 타리온이 걱정스러운 표정을 지으며 말
했다.

"그럴 경우 로테온이 문제가 될 겁니다."

"상관없어. 반란군의 진압이 끝나는 즉시 대관식을 열면
돼. 그럼 최소한의 시간은 벌 수 있겠지."

제국의 황제가 정식으로 즉위한다는 명분을 통해 각국에
사신들을 요청할 것이다.

그렇다면 아이론 역시 잠깐이나마 소강상태에 접어들 터.

그러면 로테온 역시 곧바로 개입하기는 어려울 것이다.

"그리고…… 폐하, 반란군의 수장이 살아남았습니다."

"죽었다고 하지 않았어?"

스스로를 데리엘이라 칭하던 자는 결국 죽었다고 보고가
올라왔다.

마스터에 근접한 힘을 뿌려 대면서 마지막까지 저항했던 데리엘은 결국 월크셔 공작의 아성을 넘지 못하고 패배한 것이다.

아마 시간을 더 주었다면 마스터가 되었을지도 몰랐을 정도로 재능이 출중했다.

그런 그가 죽으면서 사기가 꺾인 반란군이 연쇄적으로 무너졌고, 그로 인해 현 상태가 된 것이다.

"예, 데릭은 죽었습니다. 잡힌 것은 벨푸르스 가주입니다."

"숙부?"

카리엘의 물음에 작게 고개를 끄덕인 타리온.

"그리고 여기."

"서부 쪽?"

"예, 서부 변경백이 직접 전한 서신입니다."

타리온의 말에 카리엘은 검은색 봉투를 열고 천천히 읽어 내려갔다.

"……고모할머니도 잡히셨나?"

사실상 벨푸르스의 실제 가주나 다름없는 여인.

그녀 역시 서부의 해적들이 서부군에 의해 박살 나면서 결국 잡혀 버렸다.

이로써 제국을 흔들려 했던 세력의 주축들이 전부 잡힌 것이다.

"해적들이 소탕된 것입니까?"

옆에서 가만히 듣고 있던 내무대신이 얼굴이 환해지면서 물었다.

"그건 아니야. 하지만 본거지는 박살 낸 듯싶어."

해적들을 전부 박살 내지는 못했지만 본거지를 박살 냈다. 이로 인해 서부 해적들은 다시금 뿔뿔이 흩어질 가능성이 높다.

아이론의 급변 사태로 그쪽 부근의 섬에 자리 잡을 가능성도 있지만, 적어도 이제 제국 근방의 해역에서 함부로 돌아다니긴 힘들게 된 것이다.

"이로써 일거리 하나가 더 줄어들었군."

카리엘의 말에 함박웃음을 짓는 내무대신.

그런 그를 보며 카리엘도 미소를 지었다.

모두가 행복해하는 상황 속에서 타리온이 무거운 표정으로 물었다.

"벨푸르스…… 어찌하실 생각입니까?"

타리온의 물음에 웃고 있던 카리엘이 가만히 그를 바라보았다.

"죽여야지."

단호하게 대답하는 카리엘.

핏줄을 죽이는 것은 엄청난 리스크를 동반한다.

후에 패륜이라는 딱지가 붙을 수도 있기 때문에 모두들 웬만하면 살려 두려 했다.

하지만 카리엘은 위험 분자를 안고 갈 생각이 없었다.

앞으로 제국은 더 큰 위험에 직면할 가능성이 높았다. 그런 상황에서 제국을 흔들 수 있는 존재들을 남겨 둔다?

미친 짓이었다.

"반란을 계획했을 땐 자신이 죽을 각오도 했을 터."

귀양 정도로 끝날 거라 생각했던 내무대신조차 놀란 표정으로 카리엘을 바라보았다.

내무대신조차 걱정스러운 표정으로 막아 보려 했지만 이내 고개를 숙였다.

단호한 카리엘의 눈은 자신의 생각을 굽힐 조금의 여지조차 주지 않았기 때문이다.

"토벌군이 오기 전에 모든 걸 마무리한다. 그렇게 알고 준비해."

"예, 폐하."

내무대신이 고개를 숙이고 물러나자 타리온을 바라보았다.

"지금부터 내 대관식 전까지 제국 내에 남아 있는 잔당을 전부 처리해."

"외부로 나가 있는 인원까지 불러들입니까?"

타리온의 물음에 카리엘이 작게 고개를 끄덕였다.

이제부터 대대적인 청소를 해야 했다.

카리엘의 대관식 전까지 완벽하게 청소한 후, 깨끗해진 제국으로 빠른 발전과 함께 외부의 적들을 상대하며 단결해야 했다.

지금까지는 내부에서 싸워 왔지만 이제는 외부의 명확한 적이 생긴 만큼, 한동안은 단결할 수밖에 없을 것이다.

"준비해."

"예."

타리온이 물러가자 작게 한숨을 쉰 카리엘은 지도를 바라보았다.

동대륙과 서대륙 전체가 담긴 지도였다.

제국만 보면 서대륙만 개판으로 변한 것 같지만 동대륙의 상태도 썩 좋지는 않았다.

앞으로 있을 전쟁들을 보면 서대륙 전체의 힘이 약화될 테지만 상관없었다.

이미 동대륙에는 곳곳에서 전운이 감돌면서 대규모 전쟁이 벌어지고 있었기 때문이다.

카리엘은 동대륙의 이러한 상황에는 그쪽으로 넘어간 흑마법사들의 영향도 있을 거라 보았다.

넘어가자마자 문제를 일으키는 미친놈들을 서대륙에서 몰아냈으니 오히려 남는 장사였다. 다른 국가들은 적어도 말은 들어먹는 사람들이니 피해가 누적되면 정전할 가능성이라도 있기 때문이다.

'흑마법사들은 그런 게 없지.'

그들만 생각하면 치가 떨린다는 듯 몸을 부르르 떠는 카리
엘.

"후…… 그나저나 진짜 대관식이네."

전생에선 황제 급사 이후 급박하게 진행했기 때문에 소박
하게 끝나 버렸다.

하지만 이번엔 다를 것이다.

반란군과 소국 연합을 상대로 승전식을 겸하며 대관식을
진행할 테니 상당히 화려할 것이기 때문이다.

없는 살림에 이렇게 무리하는 이유는 대륙의 모든 국가를
초청하면서 잠시라도 전쟁을 미루려는 의도 탓이었다.

예산은 상당히 많이 들겠지만 전쟁을 미룰 수만 있다면 남
는 장사였다.

그것을 아는지라 내무대신도 상당히 큰 부담감을 갖고 일
할 수밖에 없었다.

◈

내무부 전체가 밤낮없이 일을 시작하면서 대관식을 준비
하기 시작할 무렵.

-반란군 진압! 이제 남은 건 소국 연합군뿐이다!

-마스터에 가까웠던 반란군의 수장을 제압한 윌크셔 공작. 마도

반란군을 진압했다는 소식이 공개되면서 제국민들이 환호하기 시작했다.

동시에 소국 연합을 쓸어 버리기 위해서 토벌군과 정벌군, 그리고 남부군까지 합세하면서 지지부진하던 전쟁 역시 빠르게 승기를 잡아 가고 있었다.

그러자 로테온과 성국이 다급하게 서부로 군을 집결시켰다.

당장이라도 아이론에 개입할 것처럼 움직였으나, 북쪽은 북부 변경백이 틀어막고 있었고 로테온 역시 서부 변경백이 당장이라도 아이론에 들어갈 것처럼 압박하자 전진을 멈출 수밖에 없었다.

그사이 타리온의 정보부와 포돌스키의 감찰부가 힘을 합쳐서 제국 남부를 이 잡듯 뒤져서 숨어 있는 잔당을 전부 끄집어냈다.

하루에도 수백 명씩 몰려오는 반란군의 잔당과 함께 마침내 그토록 기다리던 자들이 수도에 당도했다.

"폐하, 그들이 도착했다고 하옵니다."

"……가지."

시종장의 말에 자리에서 일어난 카리엘은 외투를 걸치고 집무실 밖으로 나섰다.

"그들은?"

"황궁에 있습니다."

"광장으로 옮겨."

시종장의 대답에 벨푸르스 가주과 선대 안주인을 광장으로 옮겼다.

"……폐하, 직접 하실 생각입니까?"

시종장이 걱정스러운 표정으로 물었다.

"그래도 한때는 황족이었는데 직접 해야지."

반란이라는 대역죄를 지은 가문이다. 이들을 귀양이라는 형태로 살려 두는 선례를 남길 수는 없었다.

이미 황명으로 사형이 확정된 그들이기에 카리엘은 시간 끌 거 없이 바로 처형해서 혼란의 잔재를 털어 낼 생각이었다.

물론 그래도 한때 황족이었고 무엇보다 안타까운 사연들이 있는 자들인 만큼 최소한의 명예만큼은 지켜 주기 위해 직접 마무리하려는 생각은 하고 있었다.

"수도에 있는 제국민들에게 전부 알려라. 그동안 고생했으니 반역자들의 최후를 지켜볼 기회는 주어야지."

"예."

카리엘의 명령에 근처에 있는 시종이 다급히 내무부로 달려갔다.

제국민들이 광장에 모일 시간을 주기 위해 일부러 천천히 광장으로 향한 카리엘.

그런 그의 배려에 어느새 광장에는 수많은 사람들이 몰려들어 있었다.

"오자마자 처형식이라니……."

"폐하께서도 단호하시군."

"조금의 여지도 주고 싶지 않다는 의지시군."

광장에 모인 자들이 모두 웅성거렸다.

질질 끌면서 귀양이나 보낼 줄 알았던 것과 달리 카리엘은 황족을 직접 처형하고자 했다.

광장에 도착한 카리엘이 단두대에 선 사람들을 바라보았다.

벨푸르스 가문의 사람들과 함께 선 반란군 측의 귀족들. 그들의 눈에는 두려움이 가득 들어차 있었다.

"난 반란에 가담한 자들에게 자비를 베풀 생각이 없다. 사연이 딱한 자들도 있을 것이나 죄를 사함을 받을 기회는 몇 차례나 있었다. 그 기회를 걷어찬 건 그대들이니 더 이상의 자비는 생각지 말라."

그렇게 말한 카리엘이 직접 손짓으로 벨푸르스 가주와 선대 안주인을 지목했다.

그러자 단두대 앞으로 가장 먼저 끌려나온 중년 사내와 늙은 노인.

"한때 황족이셨고, 딱한 사정을 가지고 있으나…… 흑마법사와 손잡은 점, 그리고 제국에 큰 위기를 안겨다 준 점은 도저히 용서할 수 없는 중죄요."

그렇게 말한 카리엘이 벨푸르스 가주를 바라보았다.

그러자 그도 카리엘이 마주 보았다.

혼란스러움이 담긴 가주의 눈동자.

그 역시 카리엘에 대해 잘 들어 알고 있었다.

재능 있는 동생들에게 황위를 물려주고자 했으나, 압도적인 재능 때문에 결국 황위에 오른 인물.

제국을 위기에서 구해 낸 남자가 자신의 마지막 명예를 지켜 주고자 함을 느끼자 가슴속에 있던 후회란 감정이 몰려들었다.

"……그대 같은 자에게 패했으니 후회는 없소."

벨푸르스 가주의 음성에 카리엘이 작게나마 고개를 숙여 마지막 예를 표했다. 그러자 옆에 있는 선대 안주인 역시 카리엘을 향해 작게 고개를 숙였다.

재능이 있음에도 밀려날 수밖에 없었던 비운의 여인.

그녀 역시 카리엘을 향해 마지막으로 예를 올리면서 자신의 마지막을 받아들였다.

"두 분의 이야기는 가감 없이 역사에 기록될 것이오."

두 사람의 마지막 명예를 지켜 주는 것을 끝으로 카리엘이 눈짓을 주자 사형집행인들이 움직였다.

얼마 지나지 않아 단두대에 몸이 묶인 가주의 목이 떨어져 내렸다.

그리고 그것을 시작으로 반란군에 가담했던 수백의 인물들이 차례차례 죽어 나갔다.

잔인한 모습들이었지만 카리엘은 마지막 한 사람이 죽을 때까지 그 자리를 지켰다.

그렇게 모든 반란군의 주요 인물들이 죽음을 맞이하며 수도가 흉흉한 기운에 휩싸였을 때, 마침내 소국 연합군에 승리했다는 승전보가 들려왔다.

- 소국 연합과의 전쟁은 결국 제국의 승리로 끝나다!

- 모든 일이 끝났다. 이제 남은 건 대관식뿐.

- 드디어 폐하의 대관식이 열린다!

마침내 들려온 승전보에 모두가 환호할 때, 미루고 미룬 카리엘의 대관식 역시 공식적으로 발표되었다.

그러자 일촉즉발의 상황이었던 아이론 연맹 역시 잠시 소강상태가 되었다.

그럴 수밖에 없는 것이 소국 연합이 패하면서 공식적으로 소국들의 영토를 점령한 제국이 이제 남부 왕국들과 국경선을 마주하게 되기 때문이다.

그러다 보니 아이론에 진을 치고 있던 로테온이 애매해졌다. 소국들을 집어삼킨 군대가 단숨에 로테온의 국경선으로 침입할 것처럼 으르렁거렸던 것이다.

그리고 그건 탈로스 역시 마찬가지였다.

제국과 직접적으로 군대를 마주한 남부 왕국들의 긴장감
은 장난이 아니었다. 당장이라도 전쟁이 일어날 것 같은 분
위기 속에서 대관식이 열리는 것이다.

"폐하."

시종장의 부름에 오랜만에 서류 지옥에서 벗어난 카리엘
이 자리에서 일어났다.

며칠간 마사지도 받고 휴식을 취하면서 어느 정도 미모가
돌아온 카리엘의 얼굴에서는 빛이 났다.

그런 상황에서 보랏빛 망토와 함께 황제를 상징하는 홀을
들고 반지를 꼈다.

이제 남은 건 황관을 쓰는 것뿐.

"토벌군은?"

"곧 도착할 것이옵니다."

"가자."

승전보를 올린 군대를 직접 맞이하기 위해 마차에 오른 카
리엘이 광장을 지나 성문으로 향했다.

과거의 영토를 되찾은 영광스러운 군대와 함께 대관식을
치르기 위해 카리엘은 성문에서 기다렸다. 곧이어 말끔하게
옷을 갈아입은 군대가 성문으로 진입했다.

근처 영지에서 미리 준비한 옷들로 갈아입은 병력이 성문

을 지나 황제 앞에 멈춰 섰다.

"새로운 황제 폐하를 뵙습니다!"

"모두 고생했다. 영광을 되찾은 이들에게 광영이 있으라."

황제의 축복에 부복한 병력 모두가 무기를 두 손으로 들며 고개를 숙였다.

"이 모든 영광을 폐하께 바칩니다."

제국의 모든 영광을 홀로 받은 카리엘이 고개를 끄덕이고는 미리 준비한 백마에 올라탔다.

마침내 승전군과 함께 영광의 길을 걸으며 대관식으로 향하자 제국민들이 환호하기 시작했다.

내전과 외부의 위협 속에서도 꿋꿋하게 버티며 혼란을 정리한 황제.

그 황제가 승전군과 함께 광장을 지났다.

본래라면 황궁으로 향해야 했으나 이번엔 달랐다. 역대 황제들 중 증명된 자들만이 갈 수 있었던 곳.

비밀 수호대에 의해 다시금 모습을 드러낸 초대 황제를 기리는 불의 탑으로 향했다.

오랜 세월 단 한 번도 열리지 않았던 불의 탑으로 향하는 문이 열렸다.

그러자 승전군의 표정에 환희가 차올랐다.

개선식을 한 것으로도 모자라서 유구한 제국의 역사 중에서도 몇 없는 불의 탑으로 들어갈 수 있는 기회를 얻은 것이다.

"제국의 영광을 되찾은 이들과 함께 갈 것이다."

"모든 것은 폐하의 뜻대로."

실로 오랜만에 나온 자격을 갖춘 황제.

그의 명령에 비밀 수호대 전원이 허리를 굽히면서 길을 비켰다. 그러자 영광의 길을 수많은 병력이 함께 올랐다.

4인의 변경백, 3인의 마스터 그리고 제국의 위기를 몇 차례나 벗어나게 해 준 영웅의 가문은 대공가와 가주와 소가주, 마지막으로 직계 황족인 두 황자와 황녀만이 그 길에 함께할 수 있었다.

재상과 대신들마저 자리할 수 없는 영광스러운 공간에 승전군이 꽉 들어차자 카리엘이 말에서 내려 위에 배치된 성화대를 향해 천천히 올라갔다.

그 순간 카리엘의 몸에서 붉은 기운이 뻗어 나오면서 계단의 양옆에 위치한 횃불이 타오르기 시작했다.

화륵!

올라갈 때마다 천천히 타오르는 불들이 성화대까지 이어졌다.

그렇게 꼭대기에 오르는 순간, 카리엘의 이마에 붉은 문양이 떠오르며 빛이 쏘아지더니 성화에 불이 타오르기 시작했다.

삼대에 걸친 암흑기와 그 이전 수십 년간 꺼져 있던 거대한 성화대에 불길이 일기 시작하면서 수도 어느 곳에서도 볼 수 있는 불이 만들어졌다.

그 순간, 또다시 반투명한 창이 나타났다.

> 황실의 약속을 이행할 모든 자격을 갖추었습니다. 자격을 갖춘 자에 한해 전해지는 계약이 이행됩니다.
> 지옥의 문지기를 굴복시킬 수 있는 힘이 깃듭니다.
> 맹약에 따라 황실의 숨겨진 모든 힘을 사용할 수 있게 됩니다.
> 태초의 불이 안정됩니다. 이제 태초의 불은 당신의 말을 충실히 따를 것입니다.

반투명한 창을 본 순간 몽롱한 표정이 된 카리엘의 위로 붉은 기둥이 하늘 끝까지 솟구쳤다.

바로 그 순간 또 한 번 반투명한 창이 생성되었다.

> ??? 신과의 또 다른 계약이 있습니다. 계약이 중첩됩니다.
> 몸이 완전히 회복되어 ??? 신의 숨겨진 특별 선물이 주어집니다.
> ??? 신의 숨겨진 계약에 대한 보상이 성과에 따라 주어집니다.
> 예상 이상의 성과로 보상이 주어집니다.
>
> 1. 흑마법사를 제국에서 몰아내기.
> 2. 고대의 맹약 부활시키기.
> 3. 서대륙에서 흑마법사 멸절시키기.
>
> ※위의 세 가지 업적을 이뤄 내셨으므로 추가 보상을 드립니다.

앞으로 지옥에 관련된 모든 위험을 알림으로 알 수 있습니다.
계약자들의 성장 속도가 가속화됩니다.

허공에 펼쳐져 있는 창의 메시지를 멍하니 읽어 내려가던
카리엘에게 그에게만 들리는 알림음이 들려왔다.

예약되어 있던 ??? 신의 메시지가 있습니다. 들으시겠습니까?

알림음에 고개를 갸웃거리던 카리엘이 작게 고개를 끄덕
이자 앞에 있던 창들이 사라지면서 신의 메시지가 담긴 창이
새로이 나타났다.

설마설마했는데 여기까지 올 줄 몰랐네.
이 메시지가 보인다는 건 나와 초대 황제가 한 고대 맹약이 부활했다는
뜻이겠지.
이 맹약을 지킬지 안 지킬지는 네 선택에 달렸지만 이행하는 걸 추천할
게.

신의 메시지를 본 카리엘의 표정이 굳어졌다.
이번에도 은근슬쩍 떠넘기려는 신을 보면서 그는 속으로
욕설을 내뱉었다.
당연히 맹약을 지킬 마음도 없었다.

지금도 죽겠는데 맹약이란 걸 지키다간 은퇴는 평생 가도
못할 것이기 때문이다.

> 참고로 말하자면 네가 지켜 냈던 제국은 결국 멸망했어.

이 문장을 본 순간 카리엘의 눈꺼풀이 떨리기 시작했다.
"뭐?"
자신도 모르게 되묻자 메시지가 다시금 허공에 나타났다.

> 이유가 궁금하지?
> 네 동생 미리엘이 나름 잘 이끌었는데 결국 멸망했어.
> 마왕군이 다시금 나타났거든.
> 죽었는데 어떻게 다시 나타났냐고?
> 새로운 마왕이 나타났거든. 마왕이란 직책은 그녀의 사도와 다름없어.
> 그녀를 막지 못하면 언젠가 대륙은 지옥에 점령당할 거야.

여기까지 읽은 순간 카리엘의 표정이 구겨지기 시작했다.
서대륙의 위기는 애들 장난이나 다름없었다.
문제는 그다음이다.

> 참고로 그녀를 막을 수 있는 건 나의 사도밖에 없어. 이쯤에서 눈치챘겠
> 지만 네가 내 사도야.
> 마음에 안 들겠지만 요건 어쩔 수 없어.

"이런 개……."

자신도 모르게 욕지거리를 내뱉은 카리엘은 이를 악물었다.

화나겠지만 어쩌겠니.
이 세계를 지키려면 네가 굴러야 한다는데…….
그러니 이번엔 지켜 봐. 욜로 라이프는 즐기고 죽어야 하지 않겠어?

이 말을 끝으로 신의 메시지는 끝이 났다.

증명을 갖춘 자가 세계의 진실을 들었습니다. 사도가 갖출 모든 자격을 갖추었습니다.
지옥의 여신이 당신을 주시합니다.
사도의 등장으로 제국에 있는 불의 사제들이 신성력을 사용할 수 있게 됩니다.
불의 정령들의 축복을 받게 됩니다.
제국에 있는 모든 사람들에게 불과 연관된 모든 재능에 축복이 주어집니다.

※지옥의 하수인들이 동대륙에서 활동을 시작했습니다. 훗날의 위기에 대비하십시오.

훗날의 위기에 대비하라는 글과 함께 반투명한 창이 사라졌다.

그럼에도 불구하고 카리엘의 표정은 펴질 줄을 몰랐다.

바로 그때 반투명한 창이 다시금 나타났다.

> ??? 신의 특별 선물로 멸망의 잔재를 습득하셨습니다.

그런 그에게 전생에 그가 죽은 후에 있었던 일들이 순식간에 머릿속으로 빨려 들어왔다.

"……진짜 멸망했다고?"

전생에 갖은 고생을 다 하며 지켜 냈던 제국이다.

그런 제국이 결국 멸망했다.

나름 재능이 있던 미리엘이 엄청난 기술 발전을 이룩하면서 결국 마스터들까지 만들어 냈음에도 불구하고 괴상한 몬스터들로 인해 멸망했다.

동대륙은 물론이고 서대륙의 모든 국가들이 멸망했음에도 마지막까지 수도를 거점으로 항전했던 미리엘.

하지만 결국 수도가 무너지면서 제국과 함께 목숨을 거뒀다.

그 이후 신대륙과 남쪽의 섬들도 전부 지옥에 집어삼켜졌다.

'……회귀시킨 이유가 이것 때문인가?'

신이 지구의 신에게 무엇을 받았는지는 모른다.

한 가지 확실한 건 신이 자신에게 사기 쳐서까지 회귀시킨 것이 멸망이 예견된 미래를 바꿔 보기 위함이라는 것이다.

거기다 맹약에 지옥의 수문장이 있다는 것.

어쩌면 그 수문장이 지옥이 넘어오는 것을 막는 데 결정적인 역할을 할 것이라고 생각했다.

머리가 터질 것 같지만 모두가 자신을 바라보고 있음을 알기에 카리엘은 몸을 돌려서 승전군을 바라보았다.

그러자 그 모습을 보던 비밀 수호대의 눈이 커다랗게 떠졌다.

"저…… 저 문양은!"

카리엘의 이마에 새겨진 황실의 문양.

그 문양이 변화했다.

초대 황제 이후로 단 한 번도 본 적 없었던 문양으로 변화한 후 은은하게 빛을 뿜어내고 있었다.

동시에 누가 봐도 성스러운 빛이 몸에서 흘러나왔다.

마치 성자와도 같은 모습으로 변한 카리엘이 천천히 계단을 타고 내려와 양쪽으로 갈라선 승전군이 만든 길을 따라 탑을 나섰다.

그러자 밖에서 대기하고 있던 대신들이 일제히 고개를 숙였다.

"폐하를 뵙습니다!"

대신들을 비롯한 모든 귀족들이 신비로운 분위기를 풍기는 카리엘을 향해 엎드리자 재상이 덜덜 떨리는 손으로 조심스레 카리엘의 머리에 황관을 씌웠다.

그러자 황제의 홀과 반지, 황관이 붉은 빛을 발하면서 주변에 붉은 파장을 뿜어냈다.

인정받은 자한테만 반응한다는 황실의 보물이 빛을 뿜자 근방에 몰려들었던 제국민들까지 모두 엎드렸다.

"이로써 이그니트의 제국의 새로운 황제로 정식 등극하셨습니다."

재상이 떨리는 음성으로 간신히 말하고는 엎드리자 카리엘만이 오롯이 선 채 모두를 바라보았다.

모두가 눈조차 마주치지 않고 고개를 숙이는 이들.

이런 이들을 향해 한 가지는 약속해 주고 싶었다.

"그대들에게 한 가지는 약속하지. 짐이 제위에 있는 동안 제국의 영광이 지는 일은 없을 거다."

결국 멸망하고 말았던 전생의 제국.

고생만 하고 제국과 함께 명을 달리했던 미리엘과 글렌.

그들을 위해서라도 이번 생엔 반드시 이 제국을 지켜보고 자 했다.

'은퇴는 더 멀어져 버렸군.'

황제가 된 순간 은퇴는 저 멀리 가 버렸다는 것을 알고는 있었다.

하지만 세계의 진실을 안 순간, 과연 자신이 마흔 살 전에 은퇴는 할 수 있을지 의문이 들었다.

‘언젠가는 할 수 있겠지.’

그렇게 생각하며 카리엘은 관료들과 제국민들이 만든 길을 따라 천천히 걸어갔다.

그 모습을 본 모두는 이런 생각을 할 수밖에 없었다.

‘어쩌면 초대 황제 폐하에 버금가는 존재가 나타난 건 아닐까?’

제국에서 가장 위대한 존재로 추앙받는 초대 황제.

어느새 카리엘은 제국민들에게 그의 아성에 도전하는 존재가 되어 버린 것이다.

하지만 어떤 이는 이보다 더 위험한 생각을 품었다.

어쩌면 제국 역사상 가장 위대한 황제를 모시게 될지도 모른다는 생각.

초대 황제조차 십 대에 이 정도 활약을 보여 주지는 못했기에 충분히 근거가 있는 생각이었다.

한 가지 확실한 것은 카리엘이란 존재가 이미 제국 역사상 손에 꼽을 정도의 업적을 세웠다는 점이다.

그런 이를 위해 제국의 모든 신문사는 똑같은 제목으로 신문을 발행했다.

-제국을 빛낼 위대한 황제를 찬양하라.

거대한 전쟁이 일어날 조짐

거대한 불이 타오르면서 이그니트의 수도 전체를 환하게 비추었다.

꺼지지 않는 불이 다시금 타오르면서 제국민들과 귀족들 전부가 환호했다.

위대한 황제의 탄생이 제국 주요 지역에 설치된 거대한 영상구를 통해 보여졌는데, 그 덕에 모든 제국민들이 일제히 환호할 수 있었다.

강력한 동맹이 된 공국 역시 이 사실에 축하해 주었다. 동맹의 강함으로 인해 공국 역시 안전을 보장받을 수 있게 되었기 때문이다.

그에 반해 타 국가들은 달랐다.

그나마 아이론은 친제국파 성향을 가진 이들이 축하해 주었지만 다른 이들은 똥 씹은 표정을 하고 있었다.

무엇보다 다급한 건 남부 쪽 사신단이었다.

"하…… 최악이군."

압도적인 지지를 받는 황제의 탄생을 보면서 로테온의 사신단장의 긴 한숨을 토해 냈다.

로테온이 그토록 걱정했던 일이 발생했다.

카리엘이 황제가 되는 것.

그런데 그자가 황실 문양을 부활시킨 것으로도 모자라 초대 황제와 같은 문양을 만들었다.

그로 인해 제국민들은 제국이 다시금 위대했던 시절로 돌아가리라 믿고 있었다.

맥이 끊겼던 황실의 정통성을 제대로 이었기에 제국을 흔들 수 있는 방법은 없었다. 안에서 흔들 수 없다면 외부에서 압박하는 것밖에 없는데, 그것도 쉽지 않았다.

"제국이 아이론에 개입하기 시작했습니다."

황제의 대관식을 축하하기 위해 파견된 로테온의 사신단.

그 대표자가 부하의 보고에 한숨을 쉬었다.

눈치 빠른 황제가 가만히 있을 리 없었다. 대관식이라는 무기로 모두를 멈추고 혼자서 아이론을 향해 움직였다.

"결국…… 시작되었군."

로테온의 일부 귀족들이 걱정하던 일이 결국 시작되고 만

것이다.

로테온 내부에도 제국이 내전을 끝내기 전에 아이론을 침공하자고 주장하는 자들이 있었다.

하지만 그 의견은 로테온만 단독으로 아이론 내전에 개입했다가 나중에 성국과 탈로스가 발을 빼 버리면 큰일 날 수 있으니 발을 맞춰서 움직이자는 반대 여론에 부딪쳐 사라지고 말았다.

게다가 아이론이 내세운 명분 역시 제국의 내전이 끝날 때까지 계약된 상태라 그 전까진 갈아탈 수 없다고 주장하고 있으니 명분조차 없었다.

무엇보다 로테온의 군대가 아이론에 개입한다고 하더라도 무조건 이긴다는 보장이 없었다.

친제국파에 아이론의 마스터가 함께하고 있었기 때문이다.

그러다 보니 시간이 질질 끌렸다.

"위험을 감내하고 움직였어야 했거늘……."

이젠 너무 늦었다며 혀를 차는 사신단의 대표를 보면서 검은 머리칼의 남자가 조용히 말했다.

"전하께오서 어떻게든 시간을 끌어 보라 하셨습니다."

국왕의 명령에 사신단의 대표가 헛웃음을 터뜨렸다.

현 황제는 이미 황태자 시절부터 북부의 여우를 능가한다고 평가받던 정치력의 소유자다.

그런 황제를 상대로 시간을 끌어 아이론의 개입을 늦춰 보라는 게 가당키나 한가?

　"차라리 나보고 죽으라고 하지 그러나?"

　현 황제를 상대로 잘못 입을 놀렸다간 이곳에서 살아 돌아가긴 어려울 것이다.

　거기다 현 황제는 영악한 존재였다.

　자칫 실수했다가는 안 좋은 명분을 줄 수 있었다.

　"……조금이라도 괜찮습니다. 시간만 끌어 주십시오."

　"의미가 있나?"

　"동쪽이 움직일 겁니다."

　부하의 말에 사신단의 대표의 눈이 동그랗게 떠졌다.

　그러다 한숨을 쉬며 말했다.

　"철벽이 있네. 그녀를 뚫을 수 있겠나?"

　동대륙으로부터 서대륙을 지키는 수호신이 있는 한 뚫기는 어렵다.

　그걸 알기에 제국도 아이론에 집중할 수 있는 것이다.

　"제국이 도울 수밖에 없는 상황을 만들 것이랍니다."

　남자의 말에 사신단 대표가 침음성을 흘리며 생각에 잠겼다.

　"후…… 한번 해 보지."

　아무래도 윗선과 로만 사이에 어떠한 거래가 이루어진 것이 분명했다.

이전처럼 어설프게는 움직이지 않으리라는 믿음과 함께 사신단은 황제를 설득하기 위한 준비를 시작했다.

그리고 그건 탈로스 역시 마찬가지였다.

단 며칠만이라도 시간을 끈다면 그것만으로도 좋았다.

이미 로테온은 아이론에 들어가기 직전이었고, 비밀리에 탈로스의 군대 역시 로테온을 통과해 아이론의 접경 지역에 도착한 상태였다.

남은 건 동대륙이 움직여 주는 것뿐.

탈로스와 로테온의 주력군이 아이론에 개입한다면 제국의 서부군만으로는 막기 어려울 것이다.

남부군이 뒤늦게 도착한다 한들 그때는 모든 상황이 종료된 때이니 상관없었다.

※

"폐하, 로테온의 사신이 폐하를 뵙길 청하옵니다."

시종장의 말에 카리엘이 잠시 기다리라 명한 뒤 생각에 잠겼다.

그 앞에는 타리온이 서 있었다.

"이 말이 사실이라면 지금 저 사신은 시간을 끌러 온 것이겠지?"

"그렇습니다."

세일럼을 통해 은밀하게 전해진 해적왕의 서신.

이 서신에는 로만의 국경선 근방에 있는 병력이 조금씩 어디론가 이동하고 있다는 사실이 적혀 있었다.

그리고 동시에 로만의 서쪽 지역에서 다량의 물자들이 움직이고 있다는 것도 적혀 있었다.

해적들 중에 상인으로 위장해서 동대륙에 물건을 파는 자들도 있는 만큼 소문에는 민감할 수밖에 없었기에, 그들이 접한 소문들 중 수상한 것들을 모아 전해 준 것이었다.

"탈로스는 살펴봤어?"

"병력 규모는 변함이 없습니다. 다만 몇몇 지휘관들이 사라졌습니다."

타리온의 보고에 카리엘의 표정이 굳어졌다.

"혹시 정예만 따로 뺐을 가능성은?"

제국과의 국경선에 있던 정예군을 빼고 일반 병력으로 채워 넣어 숫자만 맞춘 뒤에 정예군을 서쪽으로 이동시켰을 가능성도 있었다.

"이미 확인해 봤습니다. 탈로스의 주요 기사들이 서쪽으로 움직인 게 확인되었습니다."

"……로테온과 탈로스의 정예군이 아이론에 곧바로 개입할 가능성이 높다는 거지?"

"그렇습니다."

타리온의 대답에 카리엘은 심각한 표정을 지으며 생각에

잠겼다.

그러다가 궁금하다는 듯 물었다.

"내가 보낸 중앙군이 당도하기 전에 그들이 먼저 개입할까?"

"그럴 것 같습니다. 다만 서부군이 합류한다면 중앙군이 당도하기 전까진 버틸 수 있을 것입니다."

"그 부분은 군부대신과 상의해 봐. 이 부분에 대한 전권은 맡기지."

"예!"

명을 받은 타리온이 창문을 통해 조용히 사라지자 카리엘은 시종장을 불렀다.

"로테온의 사신을 불러오게."

"예, 폐하."

로테온의 사신을 불러오라는 명에 얼마 후, 중년의 사내가 황제의 집무실에 들어왔다.

"위대하신 황제 폐하를 뵙습니다."

들어오자마자 허리를 굽히며 예를 취한 사신을 보면서 카리엘의 미간이 살짝 찌푸려졌다.

'시간을 끌려는 게 확실하군.'

얼굴을 보자마자 확신할 수 있었다.

비장함이 가득 담긴 눈에는 어떠한 굴욕도 감내하겠다는 의지가 가득했기 때문이다.

"제국의 오랜 숙원을 푸신 걸 경하드립니다."

"고맙네."

인사치레로 한 말을 대충 받아 준 카리엘은 용건부터 물었다.

"그래, 나를 찾아온 이유가 무엇이지?"

카리엘의 물음에 로테온의 사신이 허리를 굽히며 말했다.

"로테온은 새로이 등극하신 폐하와 함께하고 싶사옵니다."

"얼마 전에 전쟁이라도 할 것처럼 굴고선 이제 와서?"

카리엘이 혀를 차면서 웃음을 터뜨렸다.

"재밌군. 이유가 뭐지?"

"폐하를 대적할 자신이 없기 때문입니다."

"대적할 자신이라……."

로테온의 사신은 서 있던 자리에 그대로 무릎을 꿇었다.

"부디 자비를 베풀어 주십시오."

"자비라……."

"제국을 적대했던 소국들에조차 몇 번의 기회를 주셨다 들었습니다. 로테온에도 기회를 주십시오."

사신의 말에 카리엘이 턱을 괴면서 심드렁한 표정으로 물었다.

"영토라도 달라고 하면 줄 텐가?"

"예."

사신의 말에 카리엘이 피식 웃었다.

"이미 로테온에선 사죄의 대가로 소국 연합 인근의 무역도시들을 제국에 바치기로 결정했사옵니다. 또한 향후 10년간 관세도 하향 조정해 동결할 생각입니다."

"부족해."

카리엘이 재미없다는 듯 자리에서 일어나려 하자 로테온의 사신이 다급하게 말했다.

"제국에 개입했던 모든 귀족들을 보내겠습니다."

"또 있나?"

"로테온의 왕세자를 제국의 아카데미로 보내겠습니다."

"호……."

이 부분은 흥미로웠는지 카리엘은 다시금 자리에 앉았다.

"재밌군. 정말로 로테온이 그런 결정을 내렸다고?"

"그렇습니다."

절박한 표정으로 말하는 사신을 보면서 피식 웃었다.

"탈로스를 설득해 와. 그럼 믿어 주지."

"조건이 있으시옵니까?"

"분쟁 지역에서 완전히 물러나는 것."

그 말을 끝으로 나가 보라고 하자 로테온의 사신은 굴욕감을 참아 내면서 집무실에서 나갔다.

"확실하네."

그래도 서대륙의 남부를 장악한 로테온이다.

선황의 장례식에서도 자신을 상대로 건방지게 굴었던 그

가 갑자기 이렇게 저자세로 나온다?

"시간을 끌어 보겠다는 게 확실하군."

그렇게 중얼거린 카리엘이 재밌는 생각이 났다는 듯 진한 미소를 지었다.

악동 같은 미소를 지은 카리엘이 시종장을 시켜 곧바로 외무대신을 불러들였다.

"장난을 좀 쳐야겠어."

"장난 말입니까?"

갑자기 불려 와 들은 황제의 뜬금없는 말에 고개를 갸웃거리는 외무대신이.

그런 그에게 카리엘이 설명했다.

"축제가 며칠 정도지?"

"일주일 정도는 지속될 것이옵니다."

시종장의 대답에 카리엘이 작게 고개를 끄덕이고는 외무대신에게 말했다.

"탈로스와 로테온과 실무 협상에 들어가. 첫 번째 조건은 성국과의 밀약을 깨는 것, 두 번째는 영토 협상."

"예."

"진짜로 준비하는 것처럼 협상에 임해. 이게 거짓이라는 것은 자네만 알고 있어야 한다."

외무대신을 제외한 모든 이들이 남부 왕국들과 정말로 협상을 진행하는 것처럼 믿게 만들라는 뜻이었다.

"그리하겠습니다."

"좋아. 믿어 보지."

명을 받은 외무대신이 물러나자 카리엘이 장난기가 가득 담긴 얼굴로 생각에 잠겼다.

로테온과 탈로스에는 이것으로 한 방 먹였고, 성국에는 북부 변경백이 있으니 남은 것은 동대륙뿐이다.

"로만이 자꾸만 거슬리는군."

그렇게 중얼거리면서 카리엘은 대륙 지도를 바라보았다.

현재 동대륙의 로만에 저항하는 나라는 크게 3개의 나라였다.

사막을 통일한 제국 산드리아.

기사 왕국 윙사르.

마도 국가 미켈란

다른 이들은 마법으로 이름 높은 로만과 무역하면서 스스로 속국을 자처하지만 이들만큼은 달랐다.

하지만 로만이 워낙 압도적이라는 게 문제였다.

그런데 만약 이들 중 한 국가에 제국이 지원해 준다면?

무역으로 막대한 돈을 벌어들이고 있는 미켈란은 제국의 지원이 딱히 필요하진 않을 것이다.

사막 제국은 제국이 접근하기가 쉽지 않다.

"윙사르."

너로 정했다는 것처럼 손가락으로 윙사르가 있는 지점을

'톡!' 하고 친 후 미소를 지었다.

생각난 김에 움직이겠다는 듯 대신들을 불러 모으려 했으나 시종장에 의해 막혔다.

"오늘부터 연회에 참석하셔야 하옵니다."

"아…… 그렇지."

"며칠만이라도 푹 쉬는 게 어떠십니까?"

시종장이 걱정스레 바라보면서 말하자 카리엘은 어느새 까칠해진 피부를 쓰다듬더니 고개를 끄덕였다.

"이거 참. 내가 일중독이 될 줄은 몰랐군."

욜로 라이프를 꿈꾸는 자신이 어느새 일중독에 걸렸다는 사실에 충격을 먹었는지 카리엘은 양손으로 뺨을 세차게 때린 후, 고개를 붕붕 돌렸다.

"됐네. 가지."

정신을 차렸다는 듯 말하는 카리엘을 보며 빙그레 웃은 시종장이 연회장에 갈 복장을 준비했다.

＊

그렇게 카리엘이 자신의 즉위를 축하해 주러 오는 사람들을 맞이하러 며칠간 연회에 참석하는 동안 물밑에서는 외무대신과 로테온과 탈로스의 치열한 협상이 일어났다.

그리고 마침내 카리엘의 즉위를 축하하는 축제의 마지막

날이 되었다.

"낚였군."

"……그래."

로테온과 탈로스에서 날아온 특급 서신.

거기에는 제국의 중앙군이 아이론의 영토에 들어섰다는 글이 적혀 있었다.

다음 권으로 이어집니다

꿈의 도약, 로크에서 하십시오
(주)로크미디어에서 신인 작가를 모십니다

즐거운 세상, 로크미디어는 꿈을 사랑하고 도전을 두려워하지 않는 작가 분들의 참신한 작품을 기다리고 있습니다. 21세기 장르 문학계를 이끌어 갈 차세대 선두 주자 (주)로크미디어에서 여러분의 나래를 활짝 펴 보시길 바랍니다.

모집 분야 판타지와 무협을 포함한 장르 문학
모집 대상 아마추어 작가, 인터넷 작가
모집 기한 수시 모집
작품 접수 시 유의 사항
    1. 파일명은 작가명_작품명.hwp형식을 갖춰 주십시오.
    1. 파일에 들어갈 내용은 다음과 같습니다.
        − 성명(필명인 경우 실명을 밝혀 주세요), 연락처, 이메일 주소.
        − 제목, 기획 의도.
        − A4 용지 1장 분량의 등장인물 소개.
        − A4 용지 2장 분량의 전체 줄거리.
        − 본문.
    1. 작품이 인터넷에 연재되고 있다면, 게시판명과 사이트의 구체적이고 정확한 주소를 기재해 주십시오.

선택된 작품은 정식 계약 후 출판물로 간행되어 전국 서점에 유통됩니다.
작가분은 (주)로크미디어의 전폭적인 지원하에 전속 작가로 활동하시게 됩니다.
※ 자세한 내용은 로크미디어 홈페이지(rokmedia.com)를 참조하세요.

(03920) 서울시 마포구 성암로 330 DMC첨단산업센터 3층 318호
(주)로크미디어 편집부 신간 기획 담당자 앞
전화 : 02 − 3273 − 5135
www.rokmedia.com   이메일 : rokmedia@empas.com

One for all
원포올

일라잇 스포츠 장편소설

**작렬하는 슛, 대지를 가르는 패스
한계를 모르는 도전이 시작된다!**

축구 선수의 꿈을 품은 이강연
냉혹한 현실에 부딪혀 방황하던 중
운명과도 같은 소리가 귓가에 들어오는데……

당신의 재능을 발굴하겠습니다!
세계로 뻗어 나갈 최고의 축구 선수를 키우는
'One For All' 프로젝트에, 지금 바로 참가하세요!

단 한 번의 기회를 잡기 위해
피지컬 만렙, 넘치는 재능을 가진 경쟁자들과
최고의 자리를 두고 한판 승부를 벌인다!

**실력만이 모든 것을 증명하는
거친 그라운드에서 당당히 살아남아라!**

기갑천마

거짓이슬 퓨전 판타지 장편소설

종말을 막지 못한 절대자
복수의 기회를 얻다!

무림을 침략한 마수와의 운명을 건 쟁투
그 마지막 싸움에서 눈감은 무림의 천하제일인, 천휘
종말을 앞둔 중원이 아닌 새로운 세상에서 눈을 뜨는데……

"천휘든 단테든, 본좌는 본좌이니라."

이제는 백월신교의 마지막 교주가 아닌 평민 훈련병, 단테
그럼에도 오로지 마수의 숨통을 끊기 위해
절대자의 일 보를 다시금 내딛다!

에이스 기갑 파일럿 단테
마도 공학의 결정체, 나이트 프레임에 올라
마수들을 처단하고 세상을 구원하라!